W0265198

UNE MONTAGNE, UN FUSIL, UN LAC

Titre original : *Fjellet, geværet, vannet*
Copyright © Forlaget Oktober AS, 2023
Édition française publiée par l'intermédiaire d'Oslo Literary Agency
Cette traduction a bénéficié du soutien financier de NORLA,
Norwegian Literature Abroad

NORLA
Norwegian
Literature Abroad

Création graphique de la couverture : Éléonore Gerbier
Photographie de couverture : © Plainpicture – Bernd Webler

© Éditions Paulsen - Paris, 2024 pour la présente traduction
www.editionspaulsen.com
Les éditions Paulsen sont une société du groupe Paulsen Media.

UNE MONTAGNE, UN FUSIL, UN LAC

— Lars
Ramslie

Roman traduit du norvégien
par Hélène Hervieu

La lumineuse frontière du souvenir

Paulsen
La Grande Ourse

« I don't have to sell my soul
He's already in me...
I don't need to sell my soul
He's already in me... »

Ian George Brown / John Squire

« Running around banging your drum
like it was *nineteen-seventy-three*,
Well that was the river and this is the sea »

Mike Scott, The Waterboys

À Skjalgen

1

MARQUES D'ATTENTION

Tu m'as réveillé. J'avais neuf ans.

Mille neuf cent quatre-vingt-trois.

Tu as poussé la porte, prononcé mon nom. L'index plié, tu as frappé, cogné contre le chambranle.

Dans mon lit, j'ai redressé la tête, l'ai laissée retomber alors que la lumière inondait la chambre par les grandes fenêtres derrière moi. Je ne m'attendais à rien, je n'ai pas compris ce que tu faisais là. Tu allais enfin me montrer, j'allais enfin escalader la montagne. Notre montagne. Cette montagne, le versant de cette montagne qui portait *notre* nom. Mais, ça, je l'ignorais encore. Tu n'étais pas censé me dire quoi que ce soit.

Tu t'es contenté de rester planté dans le couloir, sans franchir le seuil de la porte. Dans la pénombre, on aurait dit que tu tenais quelque chose de doré et de brillant le long de ton avant-bras, mais ça ne pouvait pas être le fusil de chasse au canon noir fraîchement briqué. Tu t'étais levé à l'aube et tu avais tout préparé. À moins que ça n'ait simplement été ton maillot de corps pendu à ton bras après ta toilette du matin.

Tu as répété doucement mes noms, exactement comme ma mère ou tes frères :
— Lars-*Einar*…

Ce matin, après avoir commencé la journée avec de la marmelade d'oranges et du thé, peut-être pas pour la première, mais pour la troisième fois, tu as traversé la cuisine au pas de course, grimpé l'escalier en colimaçon et fait gémir les marches sous ton poids. Tu as frappé à la porte et répété mon nom de plus en plus fort, puis d'une voix plus douce, presque chantante, une fois que tu as compris que j'émergeais.

— 'ars-Eí-nar…

Comme si ce lieu te *réveillait*, te *rechargeait*, faisait de toi quelqu'un de matinal. De tous les endroits au monde que tu avais eu l'occasion de visiter, c'était le seul qui te faisait cet effet-là. Ici, tu te sentais chez toi, tu savais que tout était à portée de main. Depuis que ton père était parti, tu te sentais libre de t'approprier chaque pièce, de déplacer un objet posé à un endroit précis depuis des années, de le déterrer, de le brandir à la lumière. Creuser la terre à coups de pelle et me montrer précisément l'endroit où le crâne, le squelette du chien de la ferme étaient enterrés, *ton* chien, une balle dans la nuque, quand tu avais quinze ou seize ans. Tu avais décidé de voyager, de prendre la mer. La première fois que tu m'avais parlé de Per Sivle, tu avais conclu ton histoire par « Rien qu'un chien » et rebouché le trou. Par un chaud après-midi, ouvrir un coffre au premier étage de la ferme, essuyer la poussière du harnais de Blakken avec les mains, peut-être la dernière fois que quelqu'un ferait cela avant que le couvercle du coffre ne soit refermé à jamais, avant que le bâtiment ne tombe en ruine, poutre par poutre, planche par planche, au-dessus du coffre, des années après ta mort.

Comme si les rôles étaient inversés: en ville, j'aurais été le premier levé, avec une liste de souhaits longue comme le bras. Une liste de toutes les choses que je voulais te montrer pour détourner mon attention de ce que je voyais: ton visage endormi, ton corps avachi, dans un état végétatif, des traces de piqûres récentes sur les veines bleues, des plaies aux articulations. Ici, à la campagne, je me sentirais pour ainsi dire désemparé quand tu te lèverais longtemps avant moi, déjà dans l'action alors que j'émergerais à peine. Tu aurais hâte de me montrer quelque chose. De m'emmener quelque part.

Aujourd'hui, au moment où j'écris ce livre, je t'ai dépassé en âge. J'ai commencé à m'y atteler le jour de ton anniversaire, le jour où tu ne pouvais plus rien me montrer, plus *ouvrir la marche*, comme si la dernière page avait été tournée. J'étais libre. Je pouvais faire comme je voulais. Au fond, je n'ai pas pensé à toi aussi souvent que ça. Ni le jour de ton anniversaire ni le jour de ta mort. Pourtant, c'est de toi que j'ai choisi de parler. Un ouvrage court. Écrit en un seul jour. À propos d'une journée particulière.

Désormais, j'ai dépassé de quatre ans l'âge que tu es parvenu à atteindre : quarante-cinq ans et demi. J'ai écrit jusqu'à ce qu'on se parle dans mon sommeil. J'ai écrit jusqu'à ce qu'on se parle comme si tu n'étais pas mort. Aussi vivant que moi.

Ma mère et moi, on t'appelle parfois *celui qu'on n'a jamais réussi à connaître.* En mille neuf cent quatre-vingt-dix-sept, tu as été victime d'un accident de la route et on t'a retiré un morceau du lobe frontal, de la taille d'une pièce de monnaie. Celle qui était au volant est décédée, éjectée à travers le pare-brise, toi qui n'avais pas non plus ta ceinture, tu venais de poser ton bras sur le dossier du siège conducteur pour dire quelque chose aux autres passagers, tu t'es cramponné et tu as pu amortir le choc contre le tableau de bord. Ta première incursion dans le royaume des morts : tombé en avant, le regard fixant les ténèbres d'encre, la crinière de Samson flottant sur ton visage, le liquide céphalorachidien s'écoulant par les narines, tandis que les secours te désincarcéraient de l'épave de la Volkswagen et te transféraient à l'hôpital, dans le coma.

Des victimes d'accidents bien moins graves que le tien ont pourtant conservé des séquelles qui les ont changés à jamais. Peut-être cela révélait-il *leur véritable nature.* Peut-être se dépouillaient-ils de ce qu'ils avaient été jusque-là – gentils, prévenants, attentionnés – et assassinaient-ils toute leur famille peu de temps après l'accident. Sur les radios, les lésions ressemblaient à de petites taches de cendres, à des flocons de neige. Mais toi, dès le départ, tu avais une propension peu commune à la violence. Être boxeur te donnait peut-être une forme de discipline qui te permettait de lutter contre tes impulsions. Jusqu'à la prochaine fois. Sobre, tu pouvais te montrer attentionné. Patient. Gentil. Joueur. Et amusant. Sans compter que tu étais plus cultivé et instruit que ne le laissait supposer ton faciès de pugiliste. Au fond, les gens comme toi ne devraient pas exister, à moins d'être sous les projecteurs, de trouver leur chemin vers le devant de la scène.

Même si tu pouvais naviguer sans problème à bord des plus gros pétroliers de la flotte norvégienne sur tous les océans du monde, avec des vies humaines et des millions de couronnes entre les mains, par tous les temps, bravant toutes les tempêtes, tu n'as jamais passé ton permis de conduire. Tu manifestais toujours une prudence angoissée, à la limite de l'exaspération, déterminé à ce que j'attache ma ceinture, installé comme je l'étais sur la banquette arrière avec en plus tes bras puissants autour de moi quand on nous conduisait quelque part. Tu refusais de lâcher prise si on prenait le bus, tu me serrais dans tes bras, comme si j'étais ton bien le plus précieux. C'est ainsi que j'ai su qu'il y avait également du bon en toi. Une volonté et une capacité à prendre soin d'autrui.

Mais, quand tu buvais, tu changeais du tout au tout. Comme si le cervelet se détachait du cerveau et la cicatrice de la taille d'une pièce de monnaie prenait le dessus, devenant le centre du néant. Une petite apologie.

Une nuit, après l'arrivée à la ferme, tu as trouvé le moyen de me tirer du lit, de me faire enfiler un manteau par-dessus mon pyjama et de m'asseoir sur la moto de ton plus jeune frère, bien calé entre lui et toi, pour longer le fjord et s'engager sur un chemin forestier. Là, moteur coupé, phare éteint, on a attendu en silence avant d'éclairer soudain un cerf broutant dans l'obscurité. Il s'est figé dans le cône de lumière avant de disparaître d'un bond dans la forêt. On est repartis à la maison tous les trois, ton frère aux commandes, comme en apesanteur, instables, filant sur l'asphalte dans l'air humide de l'été, tandis que je claquais des dents sous mon casque. Ce frère-là, le petit dernier, était l'une des rares personnes en qui tu avais confiance.

Juste après le coucher du soleil, le jour de notre arrivée, tu as ouvert l'armoire contenant les armes et pris le Mauser. Tu as plongé tes doigts dans une des petites boîtes de munitions en carton, remplissant à ras bord la poche de ton gilet, bombée par le laiton doré. Tu as attaché le chien dans la cour, un berger allemand assez doux quoiqu'un peu braque, qu'on avait en pension. Tu m'as entraîné dehors, dans la lumière bleutée, à travers les champs situés au-dessus de la grange, en bas, un peu sur le côté, au-delà des longues rangées de framboisiers où on avait l'habitude de se promener après le dîner.

Les buissons m'avalaient, se refermaient autour de moi, toi, tu marchais l'esprit clair, tu remplissais le seau tout en prenant ton dessert directement sur les arbustes. Tu m'as demandé de regarder s'il y avait des asticots avant de manger, je ne connaissais pas ce mot dans le dialecte que tu as employé, et tu ne t'es pas donné la peine de m'expliquer, m'interdisant de parler, te contentant de sourire d'un air rusé, de les décrire comme un petit truc blanc et de me dire que je comprendrais en les voyant. Chaque baie que tu ouvrais pour moi était dépourvue de ver, résultat : j'ai passé mon temps à ouvrir et à examiner chaque framboise, c'est à peine si je suis parvenu à remplir mon verre doseur d'un décilitre avant que tu considères que c'était terminé pour la journée, ton seau blanc rempli à ras bord quand on est entrés dans la grange pour en peser le contenu et en noter précisément le poids, comme s'il s'agissait d'une sorte de dédommagement de la part de ton frère puîné.

C'est peut-être moi qui avais insisté, posé des questions. Voulu savoir à quoi servait un *vrai* fusil, ce que ça pouvait faire. Maintenant, tout mon corps se hérissait. Comme si on s'apprêtait à commettre un meurtre. Aujourd'hui, à quarante-huit ans, je ne réagirais pas autrement si je devais quitter la maison une arme à la main avec pour intention d'ôter la vie à quelqu'un.

Je me souviens que l'air, la lumière bleue ressemblaient à de fines traînées de verre s'insinuant sous ma peau, dans mon corps.

En mille neuf cent quatre-vingt-trois, j'avais à ma disposition pendant les vacances un canif et une petite carabine à air comprimé qui avait déjà bien vécu. Comme lors des séjours précédents, je m'installais à plat ventre sur la plateforme de chargement du tracteur suisse, en salopette et bonnet en laine, je visais tour à tour le fjord, le silo, la grange, les oiseaux, tout ce qui bougeait dans ma tête, ma salopette pleine de fumier, je comptais les coups à voix haute, sentais l'acier, scrutais la cible. Maintenant l'arme était réparée, avec une réserve inépuisable de diabolos, ces petits cônes de plomb creux qu'il fallait introduire un par un après avoir cassé le canon, pour le charger, avant chaque coup. Mon jeu préféré. Parfois tu devais retirer du lit l'arme et les bandes dessinées de *Hiawatha le Petit*

Indien avant de pouvoir te coucher le soir à côté de moi, sur le bat-flanc dépliable.

C'est peut-être *toi* qui voulais me montrer quelque chose.

La véritable utilité d'une arme à feu, la puissance de cette carabine, ses réelles capacités.

C'était ça qui te poussait à remplir tes poches de munitions, à m'entraîner dehors, dans la lumière bleutée, sur les terres de la ferme.

Tu t'es positionné dos au fjord, tu as commencé à approvisionner la chambre, tu m'as demandé de courir jusqu'à la lisière de la forêt avec un bidon d'acide formique vide, de l'enfiler sur l'un des piquets plantés devant les énormes sapins. J'ai couru avec le bidon qui battait sur ma cuisse, je n'ai pas réussi à l'enfiler sur le piquet, tu m'as crié que je n'avais qu'à le laisser là. Je suis revenu en courant, le cœur battant, redoutant de me trouver dans la ligne de tir, j'étais comme enveloppé dans un lit de hautes herbes qui me léchaient les jambes, j'ai tout juste eu le temps de passer devant toi, de franchir la ligne invisible, que déjà tu armais et que le premier coup de feu retentissait, je me suis retourné et j'ai vu le bidon blanc sauter en l'air, valdinguer vers nous dans le crépuscule.

Tu as réarmé, tiré la culasse en arrière, éjecté une douille vide, maintenant morte, d'un bleu grisâtre faute de lumière, sifflante dans l'herbe, presque bleue, un peu jaune, elle aussi, qui a heurté la rangée de pierres au-dessus du silo dans un tintement, puis tu as poussé la culasse en avant.

Tu as fait feu.

La forêt a répercuté le son, un écho bruissant sur tout le versant de la montagne.

Tu as réarmé.

Tiré.

Réarmé.

Tiré.

Réarmé.

Tiré.

Sans abaisser la carabine, sans quitter des yeux le bidon, la crosse calée contre l'épaule, jamais déstabilisé par le recul. Le magasin était vide et le bourdonnement dans les oreilles semblait prendre sa source à l'intérieur même de la boîte crânienne.

Tu m'as demandé de cesser de ramasser les douilles vides, elles pouvaient être brûlantes, tout comme le canon.

Tu as plongé la main dans ta poche, réapprovisionné le magasin avec de nouvelles cartouches, refermé le verrou ; ce qui m'a le plus étonné, c'était l'odeur, les résidus de poudre en suspension dans l'air, c'était comme respirer du fer.

Tu m'as demandé de te désigner une autre cible.

J'ai désigné un tronc d'arbre ou quelque chose d'approchant.

La faucheuse.

Le mur de la grange derrière nous. Une cible plus sûre.

Tu m'as demandé d'observer les environs avec plus d'acuité, de lever un peu les yeux.

Tu as dit qu'on ne devait pas abîmer les arbres en leur tirant dessus. Pas plus que des animaux. Des machines ou des gens.

Tu as posé ta main sur mon dos et tu m'as entraîné plus loin dans l'herbe humide qui m'arrivait à hauteur de genou.

Parvenais-je à distinguer quelque chose, maintenant ?

Non.

Ta main a décrit une vague dans l'obscurité devant toi.

Toujours pas.

Tu as désigné le point que ton père avait autrefois désigné : une crevasse dans la paroi nue et brillante au-dessus de la cime des arbres, comme un visage gravé dans la forêt, où rien ne pousserait.

Blanc ou luisant.

Tu m'as demandé si j'aimais les feux d'artifice.

J'adorais ça.

Sauf que, là, je ne savais plus trop.

Que se passerait-il si je disais oui ?

J'ai quand même fini par dire oui.

Dans l'odeur de la terre après la pluie.

De la chlorophylle.

Ton parfum, *ton* odeur.

Tu as levé de nouveau ton arme, manœuvré le verrou d'arrière en avant, calé la crosse au creux de l'épaule ; le projectile a fait des étincelles, éraflé la roche nue, ricoché, pénétré la brèche, semant dans son sillage une trace lumineuse sur la pente escarpée, près de l'embouchure de la rivière, blanc platine et agitée, loin là-haut. La lumière farouche du plein été formait un doux arc aux nuances orange, bleu, violet, rose et pêche, là-haut, derrière la montagne, *notre* montagne. Je n'en avais encore jamais vu la face cachée, je n'avais guère été plus loin que la lisière de la forêt.

Le projectile suivant a aussi ricoché, mais est revenu dans un sifflement, décrivant une courbe au-dessus de la cime des sapins, impossible de voir où il était tombé, entre les troncs d'arbres, dans l'herbe, au milieu des framboisiers plongés dans l'obscurité devant nous.

Le bruit de la culasse qui s'ouvrait et se refermait.

L'odeur de l'herbe.

Un aboiement dans le lointain, ce que je n'avais pas perçu jusqu'alors, mais qui ne me sortait plus de la tête maintenant, exactement comme le bourdonnement dans les oreilles.

Puis le berger allemand qui répondait, aboyait plus fort.

Le fjord juste derrière nous, le fjord dans le dos.

Toujours en train de parler, de jacasser.

La forêt et le blé.

Puis j'ai dit stop.

Parce que je m'attendais en permanence à ce que quelqu'un, *quelqu'un*, vienne.
Nous interpeller.
Nous mettre en prison.
Pour s'être cru tout permis.

Tu t'es arrêté net, as baissé les yeux sur moi, la carabine encore en joue, la pommette calée contre la crosse. Tu m'as demandé si j'allais bien, si j'avais peur et de quoi j'avais peur.

Que quelqu'un vienne.

Tu as abaissé ton arme, réfléchi à *qui* cela pourrait bien être.

Tu as fait quelques pas en arrière, l'herbe t'effleurant les talons, les yeux rivés sur moi, souriant, ensuite tu as regardé autour de toi, tu as ouvert les bras, la carabine comme un prolongement métallique de ton bras droit, dans un grand geste d'invite, comme pour dire que tout ça, *tout* ce que je voyais, était toujours *à nous.*
En vertu du droit du premier occupant.

Des siècles et des siècles en arrière.

Bien avant qu'il y ait des lois.

Avant qu'il y ait la moindre activité, la moindre usine tout au fond du fjord, dont nous, *la famille*, avons posé les fondations en découvrant la force de l'eau.

Avant qu'on décide.

Que personne ne pouvait nous arrêter.

Qu'ils essaient donc pour voir.

— *Qui* peut venir ?

— Je ne sais pas.

— Et qu'est-ce qu'ils feront, *ces gens-là* ?

Le doigt dans la bouche, l'ongle coincé contre, entre les incisives de la mâchoire inférieure :

— Je ne sais pas.

Comme pour me montrer que, avec ou sans droit de propriété héréditaire, on continuait à être les *véritables* propriétaires légitimes.

Ta forme de mythopoétique. Tu es resté debout dans l'herbe, les bras écartés, comme pour montrer l'étendue du royaume, le point zéro de la municipalité, pour me l'offrir si seulement je cédais, si j'adhérais à ta version de l'histoire.

Deux ans après le règlement de la succession, tu n'avais toujours pas abandonné l'idée de préséance : inséparable(s) de cet endroit, tu (nous) lui étais (étions) également indispensable(s).

Oui, cet endroit t'était même redevable.

Qui pourrait bien venir ? Quelqu'un *de l'extérieur* ?

Tu m'avais appris, même avec une petite carabine à air comprimé, à ne jamais viser quelqu'un, mais tu ne te privais pas de le faire, toi, sur chaque réverbère, chaque fenêtre éclairée derrière laquelle des ouvriers de l'usine se réchauffaient près d'un poêle. Et tu me demandais qui était à l'origine de tout cela.

Nous.
C'était *nous.*
Cela venait de nous.
Il fallait que je m'en souvienne à jamais. Peu importe ce qui nous reviendrait par la suite, sur le papier.
Parce que tous les autres ici le savaient pertinemment, personne n'oublierait ça. Tout le monde savait qui on était, toi et moi.

Mais tout ce qui se trouvait en dehors des limites de la propriété, depuis la plage, les promontoires et les rives du fjord, jusqu'à la montagne et les lacs là-haut, en suivant la rivière, restait à jamais perdu, vendu depuis longtemps. Cela n'avait rien à voir avec *ton* caractère, comme si la chute n'était parachevée qu'*à l'intérieur* de toi.

Après le décès de ta mère, on fit le minimum pour entretenir et restaurer le grand chalet. Le fournil, la grange, les logements des domestiques ont été abandonnés à la forêt et à la pluie. Priorité a été donnée aux démolitions et aux petites amputations du bâti, à commencer par la suppression du perron, la création d'un autre accès à l'arrière du bâtiment, le démantèlement progressif de l'entrée d'origine, l'obstruction des fenêtres du séjour derrière un bardage de fortune, la condamnation de la porte du salon par une armoire, la réalisation d'une entrée indépendante et d'un auvent donnant sur la cour de ferme. Ton père a eu le temps de remplacer le revêtement extérieur de la maison, mais a laissé de côté le toit et les gouttières rouillées, avant de disparaître à son tour. Entre-temps, ton frère aîné est décédé.

Donc, par la force des choses, on en arrive à toi. Le cadet.

Supposé prendre la relève.

Qu'allaient-ils faire de toi ? Toujours entre deux eaux, à la fois poète, athlète, aventurier ?

Puis, après avoir été élu garçon le plus sexy de la ville dans un restaurant où tu étais de passage à l'est, tu avais fait chavirer le cœur d'une jeune chrétienne aux aspirations romantiques, pur produit des églises évangélistes du sud du pays – défaillant rien qu'à ta vue, aux abois, une proie facile en somme, mais aussi une relation que tu étais incapable d'inscrire dans la durée –, biologie élémentaire : me voilà.

Nous.

Debout dans l'herbe.

Le culot de la cartouche.

Toi.

Comme si tu n'avais pas encore compris, tu refusais toujours de comprendre, tu ne *pouvais* pas admettre que ces terres ne t'appartenaient plus. Que c'était un royaume perdu. Quelque chose dont tu ne pouvais plus disposer.

Après une éducation prometteuse suivie de voyages aventureux, tu as été considéré avec ton caractère difficile et imprévisible comme inadapté, instable.

C'est finalement le benjamin, une demi-vie en dessous de toi, qui a hérité de la propriété familiale.

À t'entendre, tu as dû te contenter pour tout héritage d'un bidon à lait dont ton père se servait jadis pour vider ses poches des pièces de monnaie. Chaque fois qu'il revenait de son travail d'équipe, il franchissait le pont menant à la grange et, avec un soupir, regardait dans l'ouverture en aluminium : soixante et onze mille couronnes en pièces de cinq couronnes, de cinquante centimes, de dix centimes, de cinq centimes et d'une couronne, que tu as trimbalées dans le bus jusqu'en ville, jusqu'à la banque, en te présentant au guichet et en laissant aux employés le soin de vider le contenu du bidon, poignée après poignée, dans la machine.

Tu avais d'abord fui tout cela en mettant dans ta jeunesse le cap sur toutes les grandes villes portuaires, tu avais escaladé des gratte-ciel, visité des cases en boue séchée, tu pouvais disparaître dans la forêt de néons de Tokyo que tu connaissais comme ta poche, te balader sans crainte dans les ruelles des bidonvilles de Kingston et revenir à la ferme, tout fier, avec des galons dorés sur ton uniforme, voir ta progéniture, un *premier fils*.

Le permis de conduire pour tracteur et voiture de tourisme n'avait aucun intérêt à tes yeux, tu avais suivi une formation de capitaine et décroché un *brevet d'officier navigateur de la marine marchande.*

À présent, tu luttais sûrement avec le sentiment de dégringoler de très haut, comme un château de cartes qui s'effondre, étage après étage après étage après étage.

Où tous les actes, les tentatives et les menaces dans l'espoir de prouver qu'on était l'aîné, le plus apte, le plus grand, s'avéraient vaines. Tu avais beau répondre à tous les autres critères, tu ne pouvais rien contre le déshéritement dû à cette instabilité dont ni toi ni personne sinon le médecin chargé de l'autopsie n'a pu expliquer l'origine – une lésion du lobe frontal. Ou bien à un défaut de caractère, un fardeau que tu t'infligeais. Tu es un extatique. Pour rien au monde tu n'aurais manqué une occasion de te battre.

Sur le plan existentiel, tu demeures un esthète. *L'éthique*, même si sur le papier tu sais mieux que d'autres distinguer le bien du mal, demeure comme un cochon huileux qui ne cesse de te glisser entre les mains, de détaler dans la forêt.

Ta relation à Dieu est encore plus complexe.

Mais tu es aussi capable de risquer ta vie pour sauver les autres. Comme en mille neuf cent soixante-quinze, port de Kingston, tu avais vingt-sept ans, mais encore l'étoffe des héros, et peu de choses t'attendaient à la maison hormis un divorce. En descendant la passerelle dans tes plus beaux habits, tu as entendu un corps tomber à l'eau entre le pétrolier et le quai. De tous ceux qui avaient été témoins de la scène, cette foule friande de spectacle, tu as été le seul à avoir le courage de faire le saut de l'ange depuis le quai pour plonger dans les eaux glauques du port, quitte à sentir les squales te frôler le dos. Dans l'urgence, tu n'as songé ni à la menace des requins ni à celle des crocodiles, tu t'es mis à chercher à tâtons dans l'obscurité le corps tombé à l'eau. À la troisième tentative, après t'être enfoncé plus loin dans les ténèbres, depuis la proue du pétrolier, tu as pu enfin saisir le corps et le remonter à la lumière. Faire du bouche-à-bouche, insuffler la vie au vieux docker. Entendre les gens dans la foule se demander pourquoi tu te donnais cette peine. Tout ça pour un misérable débardeur crasseux qui avait tenté de se suicider. Et constater que ta montre, ta veste, tes jolies chaussures et ton portefeuille t'avaient été volés.

Une parabole vivante.

Tu n'as pas tout raconté d'un coup, mais c'est ce jour-là que ta légende a vu le jour, avec cette visite, ce périple, ton but étant de me faire connaître l'endroit et son histoire, de me faire sentir que j'étais propriétaire des lieux.

Moi.

Comme si j'étais désormais le seul d'entre nous – un *désormais* écrasant – à comprendre d'instinct ce que ton déni ne te permettait pas encore de voir.

Je savais quelle était notre place.

Tandis que tu étais perdu dans un rêve. Un sourire, un clin d'œil rassurant derrière la crosse.

Réduit au rôle d'un oncle Tom.

On était seulement *de passage.*

Chez quelqu'un.

On n'y pouvait rien, aussi magnifique que puisse être le feu d'artifice sur fond de montagne.

Tu semblais si *cool*, à défaut d'autres adjectifs.

Alors que c'était un aveu d'impuissance.

Rien qu'une posture.

Que tout cela n'était qu'un décor abandonné, au mieux emprunté, peu importe à quel point il nous imprégnait.
On était des revenants.
Le fruit d'un avenir aboli.
Quelque chose qui n'avait eu ni l'occasion ni le droit de se manifester.
On avait été rayés du livre.
(J'éprouve la même chose aujourd'hui, quand je vais là-bas, que je remonte le lit de la rivière, que je ramasse des galets, que je plonge la main dans la tanière du renard et que j'en retire des plumes de corbeau.)
Mais j'étais disposé à jouer le jeu.
Être un enfant.
Essayer d'en profiter.

Comme si c'était un cadeau, un privilège de découvrir ses racines, de remonter jusqu'à la première colonie au XVIIe siècle, tandis que d'autres apparemment dérivaient dans le cosmos.

Qui avais-je peur de voir arriver ?

Ton frère.

Ton plus jeune frère, le benjamin.

Mais je ne pouvais me résoudre à dire *ça*.

Juste que je préférais ne pas continuer.

Tu as dit qu'il n'y avait pas de problème.

Tu as posé la carabine dans l'herbe.

Tu t'es accroupi dans ton jean délavé et tu as ouvert les bras pour que je puisse me blottir contre toi. Tu as répété qu'on pouvait arrêter si ça ne me plaisait pas, mais que tu avais cru que j'étais partant.

C'est vrai que ça me tentait un peu, mais l'envie m'était passée.

Je me suis jeté dans tes bras et j'ai jeté un coup d'œil par-dessus ton épaule.

Dans la forêt, devant les framboisiers.

J'ai humé ton odeur, l'odeur de l'herbe, de la rivière et de la boue, de l'étable, de la terre, du fjord, du lieu.

Celle de la poudre à canon.

Peut-être la chose était-elle entendue à l'avance avec tes frères, mais cela t'aurait trop coûté de me dire que tu avais *demandé* et *obtenu* l'autorisation de donner une représentation, de m'accorder une heure de spectacle. Ce n'était pas non plus la première fois que des coups de feu seraient tirés contre le flanc de cette montagne. De toute façon, personne d'extérieur à la famille n'avait rien à faire là-bas.

Alors on est revenus dans la maison, ta main chaude entre mes omoplates. Tu as mis la carabine au placard, vidé tes poches des douilles en laiton et on a dîné. On a bu du cacao que tu as préparé à l'ancienne après avoir cassé des carrés de chocolat que tu as fait fondre dans la casserole. Tu m'as laissé choisir la musique, on a écouté ensemble Ole Paus chanter « Hei Gud[1] » sur la cassette d'été du *Dagbladet*. Tu m'as débarbouillé avec un gant de toilette, tu as veillé à ce que je me brosse *toutes* les dents, dans la salle de bains. De toutes les pièces de la maison, c'est celle qui garde le plus, génération après génération, l'empreinte des corps, *nos* corps. *Notre* odeur.

D'autres endroits, d'autres recoins de la maison sentent davantage le houmous et les olives Kalamata.

1. Litt. « Bonjour Dieu ». Adaptation parodique de « Hey Jude » des Beatles par Ole Paus, chanteur et écrivain anarchiste dont l'œuvre artistique est traversée par une critique virulente de la société norvégienne. (Toutes les notes sont de la traductrice.)

Un effluve acidulé.

Ou seulement *toi*, ton odeur : tu étais toujours le premier à m'accueillir quand je franchissais la porte d'entrée, même si tu n'étais pas seul dans la maison. Tu te comportais comme si tu étais le propriétaire, celui qui en avait hérité.

Comme si tu vivais dans tes murs.

Tu refusais de quitter les lieux.

Tu me débarbouillais, tu me regardais me brosser les dents, tu m'accompagnais à mon lit au premier étage. Et là, au milieu des bandes dessinées et des magazines *KISS*, on écoutait peut-être « Beth » ensemble, avant que je te demande, avec un détachement feint, de me raconter encore l'histoire des *œufs de chevaux*.

Et tu rougissais, te fendais d'un sourire, te penchais au-dessus du lit, heureux et ému de pouvoir raconter ton anecdote sur les chevaux qui, dans cette ferme précisément, se mettaient à pondre une fois l'an, au cours de la récolte, parce que l'exploitation était *immense*, parce qu'on avait besoin de bras et qu'on accueillait de la main-d'œuvre venue d'ailleurs.

Leurs œufs étaient si gros qu'il fallait une hache plus massive que celle de Gene Simmons, et deux hommes pour tenir le manche afin d'en percer la coquille.

Grâce à quoi on pouvait nourrir tout le monde.

Des œufs encore plus gros que ceux des autruches.

On n'avait jamais eu besoin de poules dans cette ferme.

Chaque œuf de cheval était assez gros pour préparer le petit déjeuner, une omelette pour *douze* hommes.

Douze heures dans l'eau bouillante, une *énorme* marmite, deux hommes et deux femmes pour vider l'eau, pour le faire à la coque.

Avec un jaune d'œuf qui coulait par litres.

Et un goût, si un jour j'avais la chance d'y goûter, de pur *beurre*. Plus jaune que tout ce que je pouvais imaginer, plus jaune que le soleil.

Voilà comment c'était, autrefois. Un paradis.

Où il y en avait assez pour tout le monde.

Assez pour le chien de la ferme et tous les autres animaux qui pouvaient s'en nourrir. Même pour un vagabond s'il venait à passer et mendier sa pitance.

Au petit déjeuner. Au déjeuner. Au dîner.

En bas dans la cuisine ou dans l'ancienne salle à manger au rez-de-chaussée.

Cependant, dès la fin du fauchage et de la récolte, c'était fini. Les chevaux n'en pouvaient plus. Mais pour les remercier de leur aide, on leur donnait du fourrage à volonté. Le plus important était de garder le secret, sans quoi tout le monde aurait voulu avoir un cheval pareil. Or les seuls spécimens au monde capables de pondre des œufs vivaient *ici*.

Il m'arrivait de m'allonger sous la lampe de chevet et d'écouter ta voix, de respirer ton odeur, de rire en m'assoupissant, tandis que je sentais mes paupières s'alourdir.

Mon corps s'enfoncer dans le néant.

Je revenais à moi quand tu te tenais près de l'interrupteur, persuadé que j'avais sombré dans le sommeil, quand tu semblais admirer avec fierté cet être que tu avais contribué à créer et que tu voulais protéger, avant de retourner à ta propre vie. Alors je te suppliais de laisser la lumière allumée.

Moi et les autres, on te connaît principalement dans deux états d'esprit, sobre ou *éveillé* : ta qualité la plus fondamentale est d'être drôle, doué pour raconter des histoires. Tu es aussi capable d'être drôle et dur. Mais ta drôlerie prouve surtout que tu es *chaleureux*. Une ligne dorée dans l'obscurité. Le signe d'une forme de sollicitude dont tu as toi-même dû être l'objet. Une volonté d'être bon.

Le matin après notre arrivée, tu t'étais mis à courir les bois, à gravir la montagne à grandes enjambées, à mettre ton bermuda vert émeraude brillant, à marcher pieds nus, avec tes chaussettes et ton maillot de corps pendant paresseusement à ton bras, à boire l'eau de la rivière mise en bouteille au réfrigérateur, à serrer si fort les lacets de tes baskets noires qu'ils fumaient. Assis sur l'escalier en béton recouvert de mousse, un sourire mystérieux aux lèvres, tu faisais de nouveaux nœuds aux lacets gris, tu en suçais l'extrémité avant de les enfiler, tu scrutais les nuages, tu observais le passage d'un vol de corbeaux, guettais les hirondelles et espérais peut-être la pluie, les genoux remontés sous le menton, tandis que tu enfilais tes baskets et nouais de nouveau les lacets.

Tu disparaissais presque imperceptiblement parmi les arbres comme si, en un éclair, tu te glissais derrière un rideau, t'absentais pendant ce qui paraissait des heures, et j'attendais ton retour, me préparais mon petit déjeuner tout seul et je sortais en courant pour tirer à la cible avec ma carabine à air comprimé dans la cour ; la maison était trop grande pour moi, il me semblait y entendre des voix, je sentais une présence, comme si quelqu'un me tirait sans cesse par la manche, me poussait et me caressait le cou et la nuque, tandis que mes poils se hérissaient : je n'aimais pas être seul, seul avec ça, *ça*, cette ombre intrusive et enveloppante qui me tombait dessus dès que tu étais parti. Le sentiment, une sorte de certitude, que la maison *elle-même* attendait quelque chose de moi, qu'elle voulait m'avoir, qu'elle avait une existence propre, un caractère, une volonté et des intentions. Mais je refusais obstinément de m'y soumettre.

Cela ne m'aidait guère que tu confirmes, en toute sincérité, que la maison était hantée : tu entendais les pas de ton père sur le plancher du premier étage, les tables qui grinçaient, bougeaient, le corps qui se laissait choir sur le lit. Tu disais qu'il s'endormait chaque nuit en pleurant à cause des souvenirs de la guerre. Mais tu tentais aussi de me rassurer, de me réconforter en disant que, s'il y avait une présence, elle était là pour me protéger.

Un soir, vers la fin février, avant d'avoir le temps de fermer la porte derrière moi, quelque chose m'a poussé et j'ai été projeté sur le lit par des mains invisibles. Une impulsion brève, mais nette. Quelqu'un qui semblait se tenir là, avec un message clair : quelque chose ou quelqu'un dans la maison, peut-être la maison elle-même, voulait que je m'en aille, que je parte maintenant. Le temps imparti pour la visite était écoulé. Ou bien une sorte d'avertissement. Dès que j'ai osé ouvrir la bouche, je t'ai appelé pendant une heure, tapi sous la couette. Quand tu as fini par monter, tu n'as pas ri, tu ne t'es pas moqué, tu m'as laissé parler. Tu as promis que tu m'accompagnerais à l'étage, que je n'irais plus me coucher seul jusqu'à la fin des vacances, que tu veillerais sur moi jusqu'à ce que je m'endorme. Tu as tenu parole. Tu t'es assis sur mon lit les soirs suivants, tu as lu, chanté et dessiné, tu m'as caressé les cheveux et tu as laissé la lumière allumée au moment de redescendre.

Cet été-là, au moindre signe d'orage, quelle que soit l'heure de la journée, tu te levais d'un bond, tu mettais tes chaussures, tu me confiais aux autres, tes frères, le temps de gravir en courant la montagne, monter aussi loin que possible, t'approcher le plus possible du sommet pour te tenir là-haut, voir le spectacle de *l'intérieur*, comme si tu voulais toucher la flamme bleue descendante, être dans ton élément. Avec l'intime conviction que la foudre ne tomberait jamais sur *ta* tête. De même que tu pouvais te tenir au-dessus du cabestan sur les océans du globe, et de même que des années plus tard je te pousserais dans ton fauteuil roulant sous la pluie pour te purifier, te *recharger*, toi qui as toujours trop chaud.

Par tous les temps, je t'attendais dehors jusqu'à ce que tu rentres de tes promenades, je tirais sur la cible, je tapais le ballon contre le mur jusqu'à ce que tu surgisses derrière le rideau vert, sans t'avoir encore suivi, sans avoir osé moi-même pénétrer dans la forêt sur le versant de la montagne. Te voir de loin enchaîner les rounds avec le sac de frappe Everlast suspendu à une poutre dans la grange, attendre que tu m'appelles pour tenir le sac, sentir contre mon corps la force de tes coups, qui me soulevaient du sol avec un bruit sourd, même si tu retenais tes coups, il s'agissait surtout de m'impliquer, de jouer le jeu, de faire quelque chose avec toi, tu avais besoin d'être vu. Puis tu passais à la corde à sauter, frappant la corde sous tes pieds, croisant les bras et décrivant comme un huit sans perdre le rythme, sans t'arrêter, tu dansais sur le béton et me demandais de chronométrer, en faisant un signe de tête vers la montre-bracelet SEIKO posée sur le carter d'huile. Toutes les cinq minutes, je devais te faire signe. Pour finir, tu dessinais une croix avec la corde, utilisant l'énergie qui la parcourait pour la replier, puis tu me demandais de tenir encore une fois le sac de frappe.

Tu jouais au ballon avec moi dans la cour de la ferme, puis tu allais dans la cuisine boire l'eau au miel qui t'attendait au frais et tu chantais sous la douche d'une voix qui portait jusque dans le salon, pourtant situé à trois pièces de là. Tu t'attelais à la préparation du repas. Pour le déjeuner, tu me faisais toujours des spaghettis avec du ketchup et de la moutarde, ainsi que des saucisses poêlées, mon repas favori. Pour vous autres, tu épluchais des pommes de terre et des carottes pour en faire des boulettes avec un peu de lard à l'intérieur, tu émincais du chou-rave pour en faire une purée, découpais des rondelles de saucisson et faisais bouillir des os, parfois tu servais de la truite et du saumon sauvage fraîchement pêchés, avec de la salade de concombre à laquelle je ne touchais pas à moins d'y être obligé. Tu semblais content de tes fonctions dans la cuisine, simplement heureux d'être là, de participer, ranger et nettoyer les placards, de montrer les objets dont ta mère avait fait l'acquisition, il y a longtemps, de les nettoyer avec précaution, de raconter qu'elle était ambidextre, capable de couper le pain d'une main et de beurrer les tartines et touiller les marmites de l'autre. Il t'arrivait de faire la chasse aux mouches avec le torchon qui servait à essuyer la vaisselle, de remporter une petite victoire fêtée avec une larme de café, de jeter le torchon sur ton épaule et de me proposer du bouillon chaud dans des cuillères à soupe pour me donner le goût de la cuisine maison. Je mangeais le chou-rave avec joie, cru et assaisonné, comme une tranche de pain jaune et luisante.

Inspirer les odeurs nouvelles.

M'imprégner de ta présence.

En jouir sans que quelque chose ou quelqu'un nous tombe dessus.

Comme si la lumière venait de toi.

Réussir à faire quelques rounds avec toi en tant que sparring-partner, pousser la table de cuisine et les chaises sur le côté, faire mine d'entrer sur le ring en arrivant chacun d'un coin opposé de la pièce, apprendre par cœur les séries de coups, maintenir la garde serrée, sans me soucier que le berger allemand se dresse sur ses pattes, prêt à intervenir. Parce que *tu* étais là.

Jusqu'à ce que tu t'arrêtes brusquement pour écouter la radio avec une attention accrue, que tu me fasses signe de me taire pendant le bulletin météo et que tu déclares le combat terminé.

Le moment était venu pour toi de baisser le feu de la cuisinière et d'enfiler tes vêtements de travail – pantalon vert olive et corde de chanvre en guise de ceinture ou la combinaison de ton père avec une fermeture à glissière ouverte sur la poitrine jusqu'à la taille –, pour t'activer dans la ferme. Aiguiser la faux, faucher l'herbe autour de la maison en abattant le plus de travail possible avant que les autres rentrent. Ranger la grange, réviser le moteur du tracteur, un engin de montagne suisse de chez AEBI, l'une des dernières acquisitions de ton père. Ou simplement remplir ton mug de café et choisir un des vieux magazines *Det Beste*[2] que tu avais apportés, pour profiter du soleil sur la terrasse, à l'ombre des châtaigniers. Les jours de pluie, tu t'installais au bureau devant la fenêtre de la cuisine pour écrire des lettres de candidature et des lettres à tes amis, traduire des textes de chansons, écrire quelque chose de personnel. Ensuite, tu relevais le col de ta veste en cuir sur ta nuque, trouvais un parapluie et m'emmenais à l'épicerie du coin pour y acheter du lait et du beurre. Tu m'offrais un sachet de Stjerneposen[3] sans faire d'objection, même si on n'était pas samedi. Puis une friandise Mandelstang ou une barre chocolatée Cuba pour toi. Tu m'en as même donné un tiers quand

2. Édition norvégienne du *Reader's Digest*.

3. Très populaires dans les années 1980, ces pochettes de friandises contenaient des cartes à collectionner représentant des chanteurs de rock, des acteurs célèbres et des voitures.

on s'est arrêtés pour manger. C'était meilleur que ce que j'avais dans mon sac : le chewing-gum KISS que j'ai cassé en deux, de la poudre de soda effervescente, des bonbons chimiques. On est restés debout sous les arbres qui bordaient la rivière, sur le sentier au-dessus du pont, à l'embouchure près de l'ancienne école juste avant le fjord. Tu as montré le lit de la rivière avec ce qui restait de ta barre chocolatée. Vers la berge, à côté des trous, l'eau bouillonnante. Tu m'as demandé si je parvenais à distinguer quelque chose, plus précisément ceci : les pilotis de l'ancien moulin. Je ne les voyais pas. Impossible de reconstituer le moulin et sa roue à aubes dans ma tête, de remonter le temps comme tu le faisais, t'imprégnant complètement du lieu.

Tu t'es gentiment moqué de moi, tu as mâché ta barre chocolatée, froissé le papier dans ta poche. Tu t'es accroupi et tu as plongé la main dans l'eau pour prendre un galet blanc. Entièrement recouvert d'une matière qui étincelait comme de l'or. Tout rond, poli et lisse. Tu as voulu m'expliquer sa composition, son histoire, sa formation à l'origine. Tu m'as observé, tu as essayé de lire en moi.

Tu as compris *où* j'étais, ici et maintenant.

Ce que je pouvais assimiler, apprendre. Quelles capacités tu avais en face de toi.

Deux singes devant le miroir d'eau ridé.

Le galet était *mouillé*.

Je l'ai accepté à contrecœur.

Puis tu as baissé les yeux et on a parlé du plastique. Le temps qu'il faudrait pour que le sachet que je tenais dans les mains se dégrade si je le jetais dans la nature. Il resterait ici bien après notre mort.

Je le savais déjà.

Depuis les cours de sciences et vie, peut-être. D'autant plus que j'avais fait ma maternelle et mon CP dans une école Steiner.

Où la seule interdiction concernait précisément ces sacs en plastique et les sucreries que j'avais dans la main.

Tu as soulevé une samare d'érable, de celles qui tournoient comme une hélice.

J'en avais déjà vu. Cela faisait bien longtemps que je n'en avais pas collé dans des cahiers et que je n'avais pas peint des motifs autour.

Non pas que je refuse de comprendre ou d'apprendre, j'étais ouvert au mystère, j'ai fourré le galet dans ma poche, mais j'avais surtout faim de présence, d'être ensemble, d'*être*. Une orientation un peu différente.

Tu as posé la main sur mon épaule, tu m'as laissé m'abriter sous le parapluie. On a emprunté le raccourci et traversé la propriété où j'ai humé avec délice l'odeur de l'étable, j'ai dit à quel point je trouvais que ça sentait bon, que la grange ici avait une odeur différente de la ferme à laquelle j'étais habitué. Il y avait *plus de quatre cents* vaches dans la ferme principale à Sem, Jarlsberg, où j'ai *grandi* avec ma mère et mon beau-père jusqu'à l'âge de six ans, *six ans et demi*.

Tu as trouvé ça amusant, tu m'as expliqué que l'odeur venait des bœufs.

(En réalité, je ne me souviens pas s'il y avait des bœufs dans l'étable à l'époque où on y séjournait, cet été-là ou les précédents, avec ton père qui avait aussi élevé des chèvres et des moutons en plus des bœufs. Peut-être s'agit-il d'un souvenir fabriqué à partir de réminiscences plus tardives, quand il y a eu de nouveau des bœufs dans l'étable.)

Comme si c'était la vie que tu avais imaginée, la façon dont tu *nous* imaginais si on avait habité ensemble, si on n'avait pas dû se contenter de simples visites le week-end dans des studios ou chez des petites amies, si cela t'avait appartenu : moi, allongé sur le ventre dans le salon, en train de recopier au crayon les cartes KISS de Stjerneposen tandis que les vêtements séchaient, en t'écoutant chanter sur du Neil Diamond ou sur les artistes du hit-parade en Norvège, Olav Stedje, New Jordal Swingers, te réjouir que la météo annonce encore de la pluie, au-dessus des chaudrons fumants dans la cuisine alors que les fenêtres s'opacifiaient, grises de buée.

Exécuter une dernière tâche dans la grange, dans l'étable, sur la propriété, mettre le moteur en marche pour être sûr que ça fonctionne avant de pouvoir accueillir à table les corps éreintés par le labeur, en digne maître de maison.

Essayer ainsi d'être un rassembleur plutôt qu'un triste personnage.

Une forme d'épreuve finale.

Un mois et demi à disposition d'autrui.

Alors que la clé de la propriété te revenait de droit.

Tu voulais toujours occuper la place de ton père, au bout de la longue table, dos à la cuisinière, face à la fenêtre qui donnait sur la cour de la ferme, la grange et la rivière qui coule en biais derrière, par-delà la vitre.

J'étais prié de prendre place à l'autre bout.

Tu t'adressais à toute la tablée, à gauche et à droite.

Tu prenais soin de peser tes mots en servant des pommes de terre chaudes.

Tu t'efforçais de fumer moins, il t'arrivait même de laisser de côté la moitié d'une cigarette roulée, de ne pas y toucher pendant des jours avant de la reprendre, d'ouvrir le paquet. Tu avais besoin d'autres stimuli. Tu m'as expliqué le principe de la « vengeance de l'Indien » : les Occidentaux tués par le tabac étaient plus nombreux que les indigènes décimés lors de la colonisation du Nouveau Monde. Ce qui ne t'a pas empêché de me faire essayer le tabac à chiquer pour la première fois.

Et quand tu disais que tu n'allais pas boire, je pense que tu entendais par là l'*alcool* et la bière forte, comme cette bière artisanale qui te faisait partir au quart de tour, te rendait imprévisible. Tu pouvais apprécier une Brigg bien fraîche, à faible teneur en alcool, ou te servir quelques verres avec un ouvrier de passage quand l'occasion se présentait, ou quand tes frères recevaient leurs amis après une partie de pêche dans le fjord. Ils avaient presque une génération d'écart avec toi. Toujours est-il que je ne t'ai jamais vu perdre le contrôle dans ces circonstances.

Tu semblais heureux d'avoir encore ta place ici, de pouvoir te rendre utile et de contribuer à la bonne ambiance.

Deux ans plus tôt, tu avais tiré un coup de fusil dans les portes au premier étage.

Personne jusqu'alors n'avait fait un truc pareil dans l'histoire centenaire de la maison.

Après t'être disputé avec ta petite amie. Pourtant, on est restés tous les deux ici, même à ce moment-là, en mille neuf cent quatre-vingt-un. Tu travaillais toujours à l'usine d'aluminium, tandis que ta petite amie et le bébé devaient rentrer à la maison.

Où tu t'es tranché les doigts : l'annulaire à hauteur de la première phalange, le majeur au milieu de l'ongle.

Peu de temps après, on a dû rentrer à la maison, nous aussi.

Là, tu t'es réconcilié avec ta petite amie. Pour un temps. Mais, au début de l'automne, ton père est décédé. Et tu as découvert que tu avais été déshérité – et moi aussi, par la force des choses. Alors tu as mis fin à cette relation.

Pour un temps.

Pourtant je ne veux être qu'avec toi. J'essaie de te sauver, de sauver ton âme.

Pourtant je me sens en sécurité, protégé par toi.

Je m'en suis remis à toi, je suis venu vivre avec toi à la ferme où on a tout de même été autorisés à revenir. À l'époque, on était hébergés dans une pièce exiguë du premier étage, tout à l'ouest. Ton ancienne chambre, qui sait. Aujourd'hui, je n'ai plus en tête le nombre de portes, de chambres de service, de chambres d'enfant dont se compose l'étage, je me souviens seulement que le couloir séparant la vaste demeure en deux paraissait infiniment long et obscur. Si ça se trouve, c'est l'affiche « Uncle Sam Wants You » qui se dresse comme gardien de la mémoire : cette tête de chèvre entre lumière et obscurité, les yeux rougeoyants, la barbiche blanc cendré, le haut-de-forme aux rayures blanches et rouges, le doigt pointé semblant sortir du quatrième mur. Comme si je sentais l'ongle de son index me toucher le dos quand je dévalais l'escalier devant lui à grandes enjambées. Huit pièces peut-être, la plupart fermées à clé. La plus grande était équipée de sa propre cuisine et d'une véranda qu'on appelait « la salle », que sur ses vieux jours ton père avait faite sienne. Nos aïeux avaient pour habitude de dormir et manger au rez-de-chaussée, tandis que les prisonniers étaient enfermés au sous-sol, du temps où la ferme servait de poste de police pour le *lensmann*.

À présent, tout avait changé.

Ton père était mort, la succession enfin réglée. Ton frère dormait au rez-de-chaussée. Pas nous.

Tu ne devais pas boire, pas devenir quelqu'un d'autre, seulement être toi-même tout le temps.

Pour avoir le droit d'être là.

Toléré en ces lieux.

J'avais deviné que tu ne travaillais plus, que tu avais trouvé des petits boulots à droite à gauche, le plus souvent vigile, tu prenais la mer de plus en plus rarement. Je ne savais pas vraiment pourquoi, mais tout le monde avait compris que la situation était devenue difficile pour les marins norvégiens, la flotte allait passer sous pavillon étranger, et j'avais un soupçon tenace : c'était sans doute lié à ton caractère imprévisible (même si tous les certificats que je trouverais plus tard parmi tes papiers témoignent du contraire : *Sobre. Fortement recommandé pour une embauche*). Notre présence ici n'était que tolérée. Puisque tu avais promis de ne pas boire, tu devais rester sobre tout l'été. Mais tu n'aurais peut-être même pas eu le droit de venir si ce n'avait pas été pour moi, l'argument gagnant : *moi*, au moins, je méritais de connaître les lieux, l'histoire de mes aïeux, ma famille, mes racines. C'était la *moindre* des choses, puisqu'on n'avait pas hérité du lieu.

Ne pas boire. Rien que cueillir des framboises, aider à faucher, participer aux travaux de la ferme en échange du gîte et du couvert, travailler en équipe à l'occasion. Une fois par semaine, une voiture nous conduisait en ville où tu entraînais un boxeur prometteur dans la salle de gym du lycée. Pendant ce temps-là, je filais au kiosque Narvesen pour parcourir tous les magazines de musique sur l'étagère du bas dans l'espoir de trouver quelque chose de nouveau sur KISS. En général, je finissais par acheter une nouvelle bande dessinée de Hiawatha, Grand Loup et P'tit Loup, que tu me lirais le soir après m'avoir bordé.

Ce serait mon meilleur été, mes meilleures vacances. J'étais enfin avec toi tout le temps, j'avais enfin un papa.

Sans réveil, sans qu'on attende quoi que ce soit de moi, une maison où j'étais en sécurité, avec toujours dans ma poche le stylet que j'avais trouvé dans la grange, la carabine à air comprimé que tu avais réparée juste après notre arrivée. Je ne me retrouvais jamais seul, sauf quand tu avais l'occasion de faire les trois-huit à la fabrique. Peu d'interdits, simplement être moi-même, grandir, explorer. Certes, il m'arrivait d'être tiré du lit à l'aube pour tenir à bout de bras un saumon sauvage ou une truite, debout dans l'escalier, afin de faire valoir ton exploit auprès de ton frère puîné – des corps argentés au cou d'un rouge ardent qui faisaient ma taille. Même si mes racines prenaient une teinte plus foncée, j'avais les cheveux naturellement blonds à la fin du dernier été, des mèches dorées comme les blés, d'autres presque blanches, que je laissais en bataille au réveil au lieu de les plaquer à l'eau, exactement comme toi.

Ce séjour fut une parenthèse heureuse sur laquelle on ne cesserait de buter par la suite.

Pour t'abstenir de boire, tu avais sûrement emporté vingt-cinq kilos de shit, mais ça te rendait doux et chaleureux, même si j'ai cru deviner que c'était aussi cette affaire pressante qui avait retardé notre départ.

En effet, ces vacances et le voyage ici avaient commencé (dès que mon assistante maternelle m'avait confié à toi, quelques jours après que j'étais rentré de colonie, tout le monde à la maison était parti en vacances) quand tu m'avais demandé si je connaissais quelqu'un qui pouvait m'héberger. Si je connaissais quelqu'un à qui on pourrait téléphoner et qui me laisserait dormir chez lui une nuit. Une seule nuit, puis on prendrait le train le lendemain.

Venant de terminer ma deuxième année de scolarité et ayant quitté la ville depuis longtemps, je ne disposais pas d'un réseau d'amis plus étendu et plus fiable que le tien. Il fallait résoudre le problème, puisque tu ne savais pas quoi faire ni de moi ni de ta carcasse. Tu m'as dit que je n'avais pas à m'en faire pour toi, le plus important c'était que j'aie un toit au-dessus de ma tête.

Mais pas question de téléphoner à celui qui avait été mon beau-père et qui vivait dans la villa face à la magnifique propriété des anciens comtes, cette demeure où je me sentais chez moi – cela aurait été une défaite. Grand-mère était probablement au travail, à récurer les chiottes sur le ferry pour le Danemark, par roulement de deux semaines. Personne n'a ouvert la porte quand on a sonné, toi plutôt à contrecœur, moi davantage en terrain connu. Tu as téléphoné à d'autres aussi, tu te tenais dans la cabine, la main remplie de monnaie, tu as retenu la troisième pièce d'une couronne avec ton pouce, tandis que je t'entendais t'excuser, ou engueuler ton correspondant à l'autre bout du fil pour ne pas te rendre la pareille après tous les services que tu lui avais rendus.

Dans la cabine exiguë, tu as fracassé le combiné, avant de me rattraper en courant dans le parc pour me dire que ce n'était pas ma faute si tu t'étais mis en colère. Tu t'es agenouillé, ressaisi, et tu as déclaré que c'était toi qui étais stupide, mais que la chance nous avait tourné le dos, il n'aurait pas dû en être ainsi. Moi, je tentais de reprendre mon souffle.

Finalement, comme l'après-midi était déjà bien avancé, en tout dernier recours, on a sonné à l'improviste chez un ami que je n'avais pas revu depuis plusieurs années, dans le quartier où j'avais vécu jusqu'à ce que ma mère se sépare de nouveau de celui que je persiste à appeler mon beau-père. Je ne connaissais pas leur nom de famille, encore moins leur numéro de téléphone ou leur adresse, j'ai donc dû faire appel à mes souvenirs pour retrouver l'endroit où ils vivaient.

On a trouvé la maison vide. Par-dessus la barrière, le voisin nous a indiqué de remonter un peu plus loin dans la rue : la famille était en train d'emménager dans une villa plus ancienne et plus chic. Toi, un pied sur le seuil, tu as essayé d'expliquer la situation aux parents, tandis que j'ai fini par me précipiter à l'intérieur, sans tenir compte des adultes, pour voir la nouvelle chambre de mon ancien camarade, mon amant d'enfance qui a été ravi de me revoir. On a tous les deux épié par la fenêtre le reste de la scène.

Qu'aurais-tu pu dire à un étranger ? À quelqu'un qui m'avait perdu de vue depuis que j'avais déménagé, des années plus tôt. Que tu n'avais nulle part où aller parce que tu venais de rendre les clés de l'appartement et que tu allais déménager ? Ou bien que tu t'étais disputé avec ta petite amie ? Comme si c'était de nature à inspirer confiance. Cela te permettait du moins de rejeter la faute sur quelqu'un.

Ta copine et toi, vous ne pouviez plus prétendre être en couple après ce que tu lui avais fait deux étés plus tôt. Ses parents t'avaient interdit de lui rendre visite : ils étaient propriétaires de la maison où elle vivait. Quand on y allait malgré l'interdiction, on se planquait à l'étage dès qu'ils débarquaient. Cela avait été ton plan pour cette nuit-là, mais elle avait peut-être changé d'avis, te laissant en rade pour te donner une leçon. T'ouvrir les yeux sur ta dépendance vis-à-vis d'elle et des autres, te faire mesurer à quel point tu étais perdu.

Tu as expliqué qu'on devait prendre le premier train le lendemain matin pour passer des vacances en famille, mais que tu devais faire tes cartons et quitter un appartement dans lequel tu vivais en colocation, et que ce n'était pas un endroit pour un enfant.

S'ils pouvaient avoir la gentillesse de comprendre.

Ce qu'ils ne firent pas. Tout ce que tu disais ne faisait que soulever de nouvelles questions, confirmer ce qu'ils avaient entendu dire à ton sujet, *un homme violent*, mais ils m'ont tout de même autorisé à rester et m'ont crié de descendre pour te dire au revoir. Je t'ai embrassé et je suis aussitôt remonté dans la chambre avec le sac, mes affaires.

Tes pas dans l'allée en gravier vus d'en haut, depuis la fenêtre du premier, et le père qui, malgré ta haute taille, t'a courageusement raccompagné et a eu une dernière conversation sérieuse avec toi, près du portail, avant de serrer à contrecœur la main que tu lui as tendue, par-dessus le portail, pour le remercier.

Je t'ai suivi des yeux alors que tu descendais la rue, j'ai plongé mon regard dans ta solitude, scruté tes moindres gestes. Tu ne savais pas quoi faire de tes mains, de ta main, après :

comme si elle brûlait. Tu as senti des yeux dans ton dos, tu ne pouvais pas savoir que c'étaient les miens, pleins d'amour.

Ta façon de marcher, redressant le dos à chaque pas qui t'éloignait de cette maison, redevenant toi-même.

Un paradoxe ambulant dans sa chemise sale la plus propre.

On m'a demandé ce que je regardais, ce que je suivais des yeux.

Et j'ai répondu, submergé par la honte de t'avoir vu ramper, t'excuser, pas encore tout à fait habitué à ça :

— Rien.

En rejetant avec indolence la tête en arrière, comme si quelque chose m'aimantait à la fenêtre, je me suis levé et j'ai disparu dans le jeu. C'est moi qui ai pris l'initiative de demander à mon camarade ce qu'il avait de nouveau, essayant de me faire une place.

Il fallait se tenir à distance de la discussion qui avait lieu entre ses parents, je le savais, dans la cuisine au rez-de-chaussée, étouffée mais animée, puis la télévision s'est allumée, et le son a couvert leurs paroles.

On a eu le temps de faire un tour dans mon ancien quartier, où je n'avais guère mis les pieds depuis deux ans, on est montés jusqu'à l'étang derrière le quartier résidentiel, munis d'un filet à papillon. Sans que je comprenne vraiment pour quoi, on s'est mis – lui, surtout – à attraper des insectes, des papillons, des libellules, des gerris et des poches d'œufs, des têtards, des larves et des cocons ; il avait un classeur dans lequel il archivait tout. Il m'a montré et expliqué ce qu'était une salamandre.

Tout était nouveau.

Mais c'était dans un paysage planifié, le secteur du parc là-haut sur le plateau, enfermé derrière les chênes, derrière le soleil, le sentier de randonnée asphalté d'un bleu grisâtre.

J'ai seulement regardé, suivi le mouvement, je me suis contemplé dans l'eau d'un noir de poix, faisant de mon mieux pour ne pas commettre d'impair, il a répété plusieurs fois tout bas qu'on ne devrait pas être seuls ici, mieux valait s'éloigner de la rive, du bord rocheux.

On est descendus jusqu'à la maison et au jardin où j'avais habité, on s'est faufilés à l'intérieur, jusqu'à l'endroit où un jour on avait trouvé un oisillon blessé qu'on avait ramené chez lui. On avait joué avec, construit des labyrinthes avec ses livres de classe, essayé en vain de le nourrir et ensuite de le cacher à ses parents. Dans le cagibi. Le lendemain, il m'avait raconté que ses parents l'avaient trouvé. Et que l'oisillon n'était plus là. Il n'en savait pas plus.

En rentrant pour dîner, un garçon du voisinage lui a jeté une pierre. L'a traité de quelque chose que je n'ai pas compris sur le coup, et dont je n'apprendrais la signification que l'année suivante. Ce garçon était un ami de *ma* famille, il appartenait à la colonie de Britanniques et d'Australiens que j'avais fréquentée à cause de mon beau-père. À présent, il me regardait comme si j'étais devenu un étranger. Il a craché par terre. Le visage révulsé de dégoût.

Puis une nouvelle pierre. Qui a lourdement frappé sa cuisse, c'était sûrement l'entrejambe qui était visé.

Un faible gémissement.

Sans ralentir, sans modifier sa façon de marcher, sans baisser les yeux, il a suivi la trajectoire de la pierre suivante.

Le même mot derrière nous de nouveau. Alors j'ai détalé et j'ai attendu mon ami près du portail.
J'ai demandé de quoi on le traitait, ce que ça signifiait.

Il a refusé de répondre. Comme s'il y était habitué. Il m'a supplié de ne rien dire une fois qu'on serait de retour à la maison. Il a chuchoté, le rouge aux joues.

On a dîné.

Ses parents nous ont envoyés nous coucher tôt, sauf qu'il faisait bien trop clair et trop chaud pour dormir. On m'a désigné un matelas sur le plancher avec une couette, au pied du lit de mon ami.

On ne cessait de chuchoter et de rire, on ne s'était pas revus depuis mon anniversaire dont il était le seul invité, il y avait presque un an et demi. Lui qui avait été mon amoureux, celui qui, l'air angélique, avait pour habitude de me séduire, se montrait soudain plus timide et pudique. Mais, après avoir d'abord examiné le bleu sur sa cuisse, on a soulevé nos couettes pour se montrer l'un l'autre nos sexes en érection.

Avant, je me laissais corrompre en échange de quelques affiches et images de KISS pour enfouir ma tête sous la couette et *le* prendre dans ma bouche, chaque fois de plus en plus profondément. Ce qui n'était plus qu'un lointain souvenir, remontant à une époque plus innocente, était à présent chargé d'une gravité nouvelle, d'une réticence.

Tout sauf voler, faire de moi un voleur. Le sexe était à ma connaissance la seule chose qui donnait droit à une rétribution.

Là, dans sa nouvelle chambre à coucher, c'était moi qui cherchais à le séduire avec insistance – sans succès et, si ça se trouve, j'en étais un peu soulagé – afin d'obtenir quelques-uns de ses trésors : la boîte avec les affiches enroulées ainsi que les récentes coupures et photos de KISS dans les magazines, à côté de la penderie. Autant d'images qu'appréciaient les gens un peu plus âgés que moi, ceux qui étaient passés à autre chose, se hâtant de sortir de l'enfance. J'avais appris à reconnaître une bonne affaire. Mais mon camarade tergiversait, il n'était pas pressé, ce que j'ai pris pour une tentative de négociation. Et tout ça – les cracheurs de feu, les feux d'artifice, le sang, les explosions et les mascarades qui alimentaient nos conversations comme au bon vieux temps, même si lui n'y croyait plus vraiment – nous tenait éveillés.

Impossible de rester silencieux, avec des déferlantes de fous rires, comme deux gamines déchaînées, chantant parfois des paroles sans queue ni tête, peut-être à la limite de l'*indécence* pour la bourgeoisie qui, de l'autre côté de la cloison, s'efforçait elle-même de trouver le sommeil. Son père a fini par entrer d'un pas lourd et s'est assis en tee-shirt et slip gris sur un tabouret devant moi, pour m'expliquer que tout ça était ma faute. La tête enfouie sous la couette, je faisais semblant de dormir, les joues brûlantes de honte.

On avait débarqué à l'improviste.

Est-ce que je comprenais ça ?
Je pouvais répondre si je comprenais ça.

Qu'ils avaient été gentils et patients jusqu'à présent, même si en réalité ils étaient furieux et inquiets.

Qu'on empêchait tout le monde de dormir avec nos éclats de rire (et un soupçon de fellation).

Que *rien* de tout cela n'était normal.

J'aurais peut-être préféré passer la nuit dans la rue avec mon père.

Lui qui n'avait pas de foyer, nulle part où aller.

Ou bien être déplacé dans une autre chambre et dormir seul.

Si je continuais à avoir une si mauvaise influence.

Et malgré le flot de paroles indignées, je me disais seulement que la lumière tombant à travers le vasistas effaçait le jour et la nuit, avant qu'il referme la porte derrière lui pour la toute dernière fois.

À la fin, j'étais tellement accablé par la honte que je suis resté allongé, incapable de lever la tête de l'oreiller.

À l'aube, après un petit déjeuner rapide et silencieux, tout le monde a regardé l'heure parce que tu étais en retard. La grande sœur m'a remis, à ma grande surprise, la quasi-totalité de sa collection personnelle de KISS : deux rouleaux plus un carton de bananes, plein à ras bord de posters et d'articles découpés, de fanzines, d'écharpes, de tee-shirts à la sérigraphie scintillante. Elle a gardé le tee-shirt Destroyer en guise de chemise de nuit, celui qu'elle portait précisément à ce moment-là, coupé juste au-dessus de l'endroit où la culotte dépassait d'entre les cuisses, et un autre sur lequel on voyait Paul Stanley faisant la moue, qu'elle a récupéré rapidement de la boîte, comme à regret. Debout dans l'entrée, sans voix, j'ai à peine eu le temps d'accepter, de chuchoter un remerciement et de lui proposer un baiser sur la joue, qu'elle était déjà partie se recoucher en me souhaitant bon voyage.

Puis tu as surgi, en débardeur, derrière moi.

Pas de grands discours, personne n'a franchi le seuil de la porte sauf moi.

Peut-être ont-ils évoqué en passant le fait qu'ils avaient informé ma mère.

Dans ce cas, tu aurais d'un ton bourru demandé pourquoi. Quelle en était la *nécessité.*

Si tu avais tendu des billets pour les dédommager, ils auraient refusé l'argent.

Peut-être t'es-tu montré sous ton meilleur jour, le plus humble, peut-être t'es-tu incliné, as-tu souri, te contentant de dire merci infiniment. Invoquant le manque de temps.

J'ai insisté pour porter le carton jusqu'à la gare, refusant de le lâcher même si on a terminé le trajet en courant.

Après la correspondance avec un train vers l'ouest, j'ai consacré tout le trajet à travers la montagne à trier mon trésor – inépuisable – de papiers. De nouvelles images scintillantes jaillissaient chaque fois que je plongeais la main dans le carton. J'espérais pouvoir *partager* cette expérience, appelée à être l'un des éléments les plus merveilleux que j'apporterais dans ta vie. L'extase face au sang poisseux et aux chaînes en métal. Une énigme qu'après avoir joué les intéressés tu as laissée retomber dans la boîte, la tête inclinée, avec un doux sourire.

Surtout heureux d'être de nouveau en route vers l'ouest, de t'échapper.

Dans le compartiment, le soulagement d'un père célibataire. À l'aise avec la tâche qui lui avait été confiée.

Soulagé d'être sobre, d'être libre, d'échapper à la ville, de rentrer chez lui.

N'ayant pas peur d'ouvrir la fenêtre, de faire entrer de l'air frais, d'engager la conversation avec d'autres passagers.

Tu m'as emmené au wagon-restaurant pour nous payer des *karbonadesmørbrød*, des grosses tartines à la viande hachée. Tu as fourré dans ta bouche les oignons grillés qui ne me disaient rien, puis tu en as profité pour me piquer mon assiette, la porter à tes lèvres et en récupérer les restes à coups de langue. Tu as ensuite léché ma fourchette et tu m'as souri de toutes tes dents. Sans comprendre que cela ne se *faisait* pas.

Avec tous les autres, je me sentais sale. De la bouche, des orteils.

Avec toi, presque trop propre.

Pourtant j'avais peur de changer de voiture, de marcher sur le sol mouvant, les plaques métalliques et la structure en accordéon entre les compartiments, tandis que ça rugissait dans mes oreilles, peur aussi d'emprunter le ponton pour monter à bord de l'hydroglisseur, du catamaran et, pour finir, dans le bus où je me suis assoupi un moment pour me réveiller dans un autre pays, un autre monde.

Le carton dont je rêve encore à ce jour m'attendait, débordant d'affiches, d'autocollants, d'étiquettes de vêtements, de coupures de presse et de cassettes qu'on oubliera soit dans la chambre le dernier jour des vacances, soit qu'on perdra en chemin parce que, juste avant de partir d'ici, tu ne parviendras pas à résister à l'envie de boire. L'avant-dernier soir et le dernier jour avant le départ, tu t'endormiras dans l'avion, tu perdras ton portefeuille quelque part entre l'aéroport et la gare, tu finiras par jouer des poings et par étreindre des femmes ivres qui voudront rester collées à toi et dont tu devras te libérer. Pendant ce temps-là, je trimballerai toutes nos affaires, mon sac à dos, ta valise et le chaton que j'aurai adopté avec ton accord sans que tu demandes l'avis de personne. Il miaulera dans sa boîte à chaussures avec des trous pour respirer, posée à l'envers dans le sac. On se fera éjecter du train parce que le contrôleur refusera de prendre ta montre en gage. *Alors* seulement j'appellerai ma mère qui enverra son petit ami me récupérer en voiture, te fournira des cigarettes pour le voyage retour et payera ton ferry et ton bus pour que tu puisses rentrer chez toi.

2

ET LES ABEILLES FIRENT DU MIEL DANS LE CRÂNE DU LION [4]

Maintenant tu te tenais là.

J'avais neuf ans.

Tu es resté debout dans l'embrasure de la porte, devant ma chambre, au début du couloir, la plus à l'est de la maison, à moitié éclairée.

Pour reproduire le rituel auquel ton père t'avait initié.

Comme l'avaient fait tous les pères de la famille avant lui.

Selon toi. Plus tard, quand il a fallu expliquer ce qu'on avait fait ensemble. Mais sur l'instant, tu n'as rien dit, rien du tout, sur ce qui nous attendait. Qu'on allait escalader la montagne.

4. Ce titre est un hommage à l'instrumental « The Bees Made Honey in the Lion's Skull » de Earth, dans l'album éponyme, Avast/Aleph Studios, Southern Lord, 2008.

Les premiers foins avaient été fauchés à la main et séchaient sur les claies qui jalonnent la propriété jusqu'aux framboisiers. Je suis venu avec toi le premier jour, j'ai craché un jet de salive trop visqueux, laiteux, sur la pierre à aiguiser, si bien que tu as dû la laver, revenir et cracher toi-même dessus à contrecœur. Tu as affûté les faux – une grande pour toi, une plus petite pour moi – et tu m'as montré le bon geste pour faucher, pour faire glisser la lame dans l'herbe. J'aimais ça, mais ton frère a dit que je coupais trop haut. Je suis resté assis à vous regarder, à te regarder en train de fredonner dans le même short et le même maillot de corps. Le jeu des muscles dans les avant-bras sous les tatouages, ta façon de coucher l'herbe, apparemment sans effort, de reprendre ton souffle, de faire tomber le fourrage du côté gauche, de respirer et retirer la lame, de faire un pas en avant, d'en abattre une nouvelle vague dans un rythme ininterrompu, comme si tu étais fait pour cela. Tu n'aurais jamais dû partir, céder au chant des sirènes.

La fauche de plus en plus propre à chaque pas.

Dégoulinant de sueur.

J'ai remarqué une gêne dans tes jambes sèches et musclées, les chaussettes tire-bouchonnant au-dessus des chevilles dans tes chaussures moisies, j'en avais le cœur brisé.

On dormait ensemble chaque nuit, emmêlés l'un à l'autre. Puis le chaton s'est invité entre nous.

Ta chaleur, ma chaleur.

Pas de sueur liée à tes accès de paludisme ou au sevrage, pas de relent du dernier repas ou de la dernière sortie dans ton haleine, rien qu'un peu de tabac, de café, de chocolat, de résine de pin sucrée, dernière inspection dans l'étable, la grange, le silo.

Mes odeurs étaient tiennes et tes odeurs miennes.

Des hanches qui s'effleurent.

Toi, le dernier couché, le premier debout.

Tu es descendu à reculons avec la faux, tu as crié quelque chose aux autres, comme dans l'excitation, l'enthousiasme de mettre les gens au travail, de déléguer les tâches, par-dessus le bruit du tracteur ou d'un autre engin agricole.

Tu as réclamé de l'eau.

Je suis allé chercher l'eau, puis je suis parti me recoucher, pour somnoler, entrer et sortir du sommeil, sous le soleil qui entrait par les grandes baies vitrées. J'ai fait abstraction de l'impression de me sentir de trop, assis sur la pierre comme un miroir. Je suis allé chercher de l'eau en courant après avoir estimé d'un dernier coup d'œil le temps passé à faucher. Tu devais reculer de plus en plus bas dans la pente du domaine où les bouleaux jetaient encore une ombre fraîche et piquante, et ce n'était que la première brèche. Un labeur incommensurable.

Ce n'était pas à ton avantage, car personne n'avait vu le travail que tu avais abattu dans la journée.

Même si le travail en soi t'apportait une certaine joie.

Ensuite, une journée ou deux de répit pendant que le foin séchait sur les claies.

C'était sans doute notre dernière chance avant le retour de la pluie, la seule chose sûre et prévisible ici, comme un monde à part, soumis à ses propres lois climatiques. Le bruit de l'eau qui coule.

Tu m'as réveillé, tu m'as demandé de m'habiller.

Tu n'es pas entré dans ma chambre, tu es resté sur le seuil, dans le couloir, tu es resté planté là jusqu'à ce que je sorte de mon lit.

Tu restais planté là, avec à la main quelque chose de noir et brillant, dissimulé derrière le chambranle, à demi baigné dans le flot de lumière dorée.

Sur le chambranle, tu as fait claquer l'ongle du majeur, recourbé à l'extrémité, à l'endroit où il avait été coupé à l'atelier. Je me tenais devant toi en slip. Tu as attendu que j'enfile mon tout nouveau tee-shirt rouge KISS Army. Puis le pantalon bleu en velours côtelé. Tu m'avais conseillé de mettre un pantalon long, mais c'était à moi de décider.

On n'avait pas encore pris conscience, toi et moi, que l'été était fini, que c'était la rentrée. On était simplement perdus, chacun dans sa bulle, si bien que j'ai manqué la première semaine à la nouvelle école.

Une fois que je me suis retrouvé en bas, dans la grande cuisine bleu clair, tu m'as dit de bien manger, de me servir largement et de prendre ce que je voulais dans le frigo.

De manger pour deux.

Je me suis servi un demi-verre de baies écrasées que le sucre et les graines rendaient croquantes. Du lait. Du pain avec du fromage de chèvre. Du yaourt, des cerises au parfum trop prononcé que j'étais le seul à trouver à mon goût, mes favorites.

Tu m'as demandé de boire un grand verre d'eau.

Puis un autre.

Autant que je pouvais.

Tu m'as envoyé dans la salle de bains, et j'ai d'abord craché joyeusement de la mousse bleue, un bleu violacé, dans le lavabo. J'ai tiré la langue dans le miroir.

Ensuite, je me suis frotté les yeux pour chasser les traces de sommeil, et le visage que j'ai vu dans le miroir m'a paru plus pensif, soucieux.

Comme si ton silence, ce nouveau rituel autour de la nourriture, signifiait qu'on avait fait quelque chose de mal.

Qu'il s'était, une fois encore, produit quelque chose au cours de la nuit, qu'on devait plier bagage et rentrer à la maison. *Une fois encore.*

Sans dire où on allait ni ce qu'on ferait, tu m'as demandé d'emporter ce dont j'avais besoin, ce que je *voulais* prendre.

Le chaton ?

— Non.

Lui devait rester là.

Mes affaires ? La boîte en carton avec toutes les coupures de journaux et les affiches, mes vêtements ?

— Non.

La carabine ?

— Oui.

Si je voulais. Mais attention : je devrais porter moi-même ce que j'emporterais.

— Où on va ?

Tu n'as pas répondu.

— Qu'est-ce qu'on va faire ?

Tu n'as pas répondu.

Tu as posé le fusil de chasse contre la vitre rugueuse et dorée de la porte d'entrée et tu t'es mis à genoux pour nouer les lacets de tes chaussures.

J'ai rempli ma poche arrière de plombs en forme de cône, j'ai noué mes lacets et je les ai défaits aussitôt, mes pieds sensibles ne supportaient pas l'inconfort des chaussures trop serrées, des chaussettes mal ajustées qui tire-bouchonnaient ou se coinçaient entre les orteils. Je n'aimais pas quand le coton des chaussettes était trop pelucheux à l'intérieur, ou quand je détectais un défaut de fabrication dans la couture au niveau des ongles. Même par les froids les plus rigoureux, je ne voulais pas entendre parler de grosses chaussettes. Je m'arrêtais sur le chemin de l'école pour les enlever, même si les enfiler m'avait déjà mis en retard. Je courais sur le chemin, les pouces passés sous les lanières du cartable qui me cognait la nuque.

Une fois en bas de l'escalier, tu m'as soulevé pour me déposer sur le mur. J'ai avancé avec précaution, me frayant un chemin entre les branches des pommiers qui formaient un petit arc au-dessus du mur nord. Tu as posé le fusil de chasse sur le rebord et tu m'as rejoint d'un bond, tout en souplesse.

Je ne me souvenais pas d'avoir déjà vu la villa du dessus, comme si une frontière invisible m'en avait empêché ou bien par manque de curiosité. J'avais seulement remarqué que, sous la lumière du matin affluant de toutes parts, la façade de la maison semblait plus accueillante, plus hospitalière.

Côté sud, avec les vérandas tournées vers le fjord comme un château fort, elle avait quelque chose d'insensible, un visage à la bouche béante.

Tu m'as demandé de choisir le chemin, tu as dit qu'on irait là où *je* voulais aller. Qu'on ferait comme *je* voulais.

J'ai d'abord cru à une plaisanterie : je ne savais même pas où on allait.

Quel que soit le chemin que je choisissais, je ne faisais que me heurter à des fourrés impénétrables.

Des parois rocheuses escarpées, infranchissables.

J'ai renoncé, alors tu as lancé une pièce de cinq couronnes en l'air, pile, à droite, vers l'est, face, à gauche, vers l'ouest.

La pièce de monnaie a roulé dans l'herbe, tu m'as demandé de la ramasser, d'être honnête.

C'était pile, le roi.

Tu as montré un sentier à l'arrière, à travers les fourrés.

Puis l'idée m'a effleuré, avec moins d'anxiété que la dernière fois, qu'on allait peut-être simplement tirer à la cible. On a commencé à grimper.

Toi devant.

Moi derrière.

Toi avec la carabine.

Moi avec le fusil à air comprimé.

Toi en chantant.

Moi silencieux.

Hormis les armes et un casse-croûte que tu tenais à la main, on n'avait rien emporté.

Au début, j'ai ri, je me suis arrêté et j'ai empli mes poches de sorbes pour m'en servir de projectiles avec la sarbacane qui m'attendait à la maison, fabriquée à partir d'un cintre en plastique.

J'ai cassé le canon de la carabine sur mon genou, j'ai chargé pour tirer sur quelque chose, peut-être un petit oiseau.

Tu as dit qu'on ne tirerait sur rien de vivant.

Puis la carabine a commencé à peser lourd.

J'ai trouvé de nouvelles façons de la porter, j'ai changé d'épaule pour le canon.

La forêt était très différente de toutes celles que je connaissais.

Mes forêts à moi : des îles vertes et plates dans un océan de blé jaune.

Une surface aux contours bien définis.

Cartographiée ou entourée d'un espace cartographié.

Qu'il suffisait de traverser si je m'égarais, jusqu'à déboucher de l'autre côté, émerger dans les blés ou se retrouver devant le lac, suivre la rive et retrouver les habitations.

Ici, chaque pas est nouveau, mène vers quelque chose de nouveau.

Enfermé dans des espaces de feuillage impénétrable dont on ne voit pas le bout.

Une pente raide, un sentier que tu es le seul à distinguer.

Une trace, un signe que toi seul connais.

Chaque fois que je crois comprendre quelle direction tu vas suivre, tu disparais, tu coupes soudain à travers le terrain.

Sans te retourner.

Les yeux rivés au sol.

Comme si tu te penchais vers quelque chose, quelque chose de sacré que tu ne peux pas fouler la tête haute.

Le pied léger, sans bruit, comme les Indiens chaussés de mocassins, sans un souffle, tu sembles disparaître sans laisser de trace, te fondre dans ton environnement et te volatiliser.

Oui, tu te volatilises.

Tu reviens, réapparais.

Je ne sais toujours pas où on va.

Ce qu'on va faire, à part qu'on a emporté des fusils.

Deux tranches de pain emballées dans du papier, quelques cartouches dans ta poche arrière, le canif que j'essaie tous les jours de m'approprier.

C'est la dernière fois que tu fais ce chemin, la dernière fois que tu gravis ta montagne.

La prochaine fois, dans sept ans, il faudra qu'on *te* porte.

Ton plus jeune frère s'en chargera.

Mes pieds sont lourds.

Je trébuche sur des pierres et des branches. Soudain, je m'enfonce jusqu'à la cheville dans la boue.

J'y laisse ma chaussure.

Comme appuyer son épaule contre une roue figée.

Je ne suis que de chair et d'os.

Quand toi, tel un ange, tu planes au-dessus du sol.

Tu parles avec un monde qui se refuse à moi.

Je demande où on va où on va où on va.

Est-ce que tu peux me répondre s'il te plaît.

Tu ne réponds pas, tu te contentes de tirer sur le lien invisible qui nous relie l'un à l'autre, et je ne sais pas ce qui nous attend, juste qu'on est trop loin pour que je rebrousse chemin tout seul.

Il faut que je m'accroche, comme chaque matin quand j'ai trop mangé au petit déjeuner.

J'ai envie de m'arrêter.

Je te supplie de t'arrêter.

De me dire où on va.

Tu ne t'arrêtes pas.

Même si ça brûle sous les côtes.

Tu ne dis rien.

Tu arrêtes simplement de fredonner, et mon arme pèse encore plus lourd.

Je tombe à la renverse et me cogne le front contre le canon de la carabine.

Tel un ange, tu planes au-dessus de moi, tu n'es que chair et os, rien ne peut t'arrêter.

Finalement, c'est toi qui portes les deux armes, une dans chaque main.

Sans te plaindre.

Sourd à mes plaintes.

Tu avances inlassablement.
Je suis de plus en plus loin derrière.

Je crois que tu as disparu pour de bon, puis je te repère en train d'attendre derrière moi, dans une clairière, une corniche avant le précipice.

Les armes posées contre un tronc d'arbre, canon en l'air.

Tu cries, tu me fais signe de revenir en arrière.

Tu me demandes si ça va.

Si je suis prêt à faire encore un bout de chemin.

Et j'ai envie de dire oui, évidemment, alors je dis oui.

Tu m'entraînes au bord du ravin, et le village se révèle en contrebas, le clocher de l'église, le cimetière où tu reposeras un jour, le quai et les promontoires, tu me demandes de retracer le chemin qu'on a emprunté, mais j'en suis incapable, je ne repère même pas la ferme.

Tu me la montres du doigt.

Je vois alors enfin le toit entre la cime des arbres, d'où on est partis.

Tu me demandes si je me souviendrai du chemin pour rentrer.

Je secoue lentement la tête.

Tu aurais aussi bien pu m'embarquer dans un aéronef, une montgolfière, et me demander de monter, puis de retrouver le chemin pour redescendre.

Tu donnes un nom à cet endroit, à cette terre dont je ne me souviendrai pas, tu déplies le papier et tu sépares les deux tranches de pain, tu me tends celle qui est la plus chargée en baies et en sucre.

Tu ôtes la mousse d'une grosse pierre, tu la nettoies d'une seule main tout en te nourrissant de l'autre, tu révèles une fente dans la roche, comme si tu étais chez toi, comme si tu ne t'étais absenté qu'un instant. Tu déplaces quelque chose dans la cavité pour y enfoncer le papier tout en mâchant ta dernière bouchée de pain.

Tu t'essuies les mains.

Tu me demandes de me lever.

De me mettre dos au soleil. Tu dis qu'il est encore un peu trop tôt, le soleil n'est pas encore tout à fait à son zénith, mais tu me demandes si je sais où est le nord et où est le sud.

Je dis oui, mais je dois aussitôt avouer que je n'en sais rien. Tu me demandes de tendre les bras.

Tu dis que le bras gauche, en direction du village et du fjord qui disparaît au loin, pointe vers l'ouest. Mon visage vers le nord. Le bras droit vers l'est, les talons vers le sud.

Tu m'emmènes observer une fourmilière : au sud d'un tronc d'arbre.

La mousse sur l'écorce : au nord.

Tu me dis que le soleil se lève à l'est et se couche à l'ouest.

Tu hasardes ensuite une explication sur cet endroit, sur le nom de ce modeste poste d'observation, sur ton enfance et ton adolescence. Tu me désignes différentes zones qui ne sont pour moi que des taches vertes, neutres, pas des points de repère, pour me révéler ce qu'il y avait là auparavant. Je devine un reste de béton, des ruines, ou peut-être que je ne vois rien du tout, peut-être que tu me montres quelque chose que tu as enterré il y a bien longtemps, mais qu'on n'essaiera pas d'exhumer maintenant.

Je dis que j'ai soif. Qu'il fait si chaud. J'ai soif. Je dis que j'ai si chaud et si soif après avoir marché, après avoir mangé.

Mais tu réponds qu'on n'a pas d'eau, rien à boire.

Encore.

Que j'aurais dû penser à emporter de l'eau.

Y avais-je pensé ?

Je demande où on va.

Tu ne réponds pas.
Tu souris.
Comme si quelque chose te scellait les lèvres, tu évites mon regard.
Tu t'éloignes soudain et récupères les armes.
Tu refermes les mains sur les canons, tu les lances et les rattrapes en l'air.
Tu marches, disparais dans les bois, comme si tu te faufilais derrière un rideau.

Je crapahute, je cours, je tente de te rattraper, je me rapproche le plus près possible de toi pour ne pas te perdre.
Tu marches, je cours.
Parfois je progresse à quatre pattes, parfois je me rue derrière toi comme si j'avais quelqu'un aux trousses, comme si j'entendais des voix.

Je suis si près que j'essaie en vain d'attraper les poches de ton pantalon, mais une branche me revient en pleine figure et me cingle le visage, me faisant tomber en arrière.

Pour une fois, tu te retournes et tu t'excuses. Tu dis que c'était ta faute, mais que je ne dois pas marcher à ta hauteur.

Que je dois faire attention.

Que tu ne peux pas me porter.

Tu continues.

Je m'assieds un instant pour reprendre des forces, puis je te cours après. Comme un chien attaché à ta ceinture par une laisse invisible.

Tel le dernier oison de la couvée qui lutte désespérément pour s'approcher de sa mère, sans jamais renoncer, et qui, à chaque obstacle, voit son amour et son désir grandir. Chaque fois que je parviens à te rattraper, à te supplier de t'arrêter et de m'attendre, tu accélères encore. Sans un mot.

Tu as trouvé ton rythme.

Il t'arrive de t'arrêter brusquement pour me désigner un rocher dans la forêt qui a l'air d'une pierre tout à fait banale, couverte de mousse.

De me raconter quelque chose sur cette pierre.

D'un souvenir associé à cet endroit, de ceux qui ont porté cette pierre jusqu'ici.

Ou sur des pieux, sur ceux qui les ont plantés là.

Tu me montres où se situe la frontière avec la ferme voisine.

Je ne t'écoute plus, trop occupé à reprendre haleine.

Tu continues, comme si tu savais l'emplacement exact de toute chose, comme si tu connaissais chaque pas à l'avance.

Ton corps, tes jambes, la plante de tes pieds, tes orteils se souviennent de tout, de la moindre embûche, de la moindre pierre sur laquelle on trébuche, tu as couru ici librement depuis ton enfance, tu t'es entraîné ici de ton plein gré. Plus tard, cela reviendra dans tes rêves, flottant à la frontière entre éveil et sommeil : dans la douleur fantôme où tous les muscles se contractent, réclament de l'oxygène, un défi, un terrain, un paysage qui n'est plus là.

Je m'arrête, je m'assieds en guise de protestation sur une pierre pour voir si tu vas rebrousser chemin.

Tu ne reviens pas, tu traces droit devant.

Comme le bus scolaire pour aller à la piscine, comme un train, comme tout ce qui ne peut pas dévier de sa trajectoire.

Comme le soleil.

Tu disparais.

Je tends l'oreille, mais je n'entends rien, comme si tu m'observais, tapi quelque part, ou que tu étais déjà loin dans la montée, silencieux.

Un bruissement parcourt la cime des arbres, le feuillage.

Puis le silence.

L'ombre, l'obscurité torride.

L'humidité qui monte du sol avec une odeur de terre, la moiteur.

Impitoyable.

J'ai soif.

Je cherche un signe, le sentier que tu aurais pu emprunter, mais je ne trouve rien.

La forêt se referme derrière tes pas.

Rien que des troncs d'arbres, du feuillage et des aiguilles.

Les insectes dans l'air.

Bruissement, craquement, murmure de l'eau : impossible de repérer d'où proviennent ces sons. Une pierre qui se détache de la paroi, après des années passées en suspens, dévale la pente et se heurte à d'autres pierres.

Le réel.

Et le réel ne veut pas parler. Il se contente d'exister.

Comme si tu étais mort.

Ou bien mourant. Ne reste que l'angoisse.

Le bruit que je perçois derrière moi est suffisant pour que, rassemblant mes forces, je m'élance vers l'endroit où je t'ai vu disparaître.

Je débouche sur un chemin forestier, cicatrice grise dans la verdure – gravier concassé, grosses pierres disposées le long du sentier. Je repère une trace de tracteur au milieu, je saute par-dessus le fossé sans prendre assez d'élan, trébuche contre la bordure en pierre qui me comprime le diaphragme quand je la heurte, roule dans le fossé, reprends mon souffle au milieu des fougères.

Je parviens à me relever et à marcher jusqu'au chemin en gravier. Je crie, me retourne, crie, me retourne et crie. J'envisage d'abord de suivre ce chemin, mais je finis par tracer une ligne avec la main depuis l'endroit où j'ai émergé, où je suis sorti, pour replonger dans la forêt.

Tu t'arrêtes une seule fois, loin devant, pour crier d'une voix sévère que tu ne peux pas non plus me porter.

Quand j'étais petit, j'ai eu la diphtérie. Je me réveillais la nuit sans pouvoir respirer, il me fallait me blottir sur les genoux de ma mère ou de mon beau-père, enveloppé dans son manteau en peau de mouton avec du baume Mentholatum sur la poitrine, dans le creux entre les clavicules. Grandma, la mère de mon beau-père, prenait le relais si la crise était trop forte : j'écoutais mon propre souffle comme quelque chose d'étranger, un sifflement sec dans ma gorge.

Peut-être cela aurait-il été différent si j'avais pu grandir sur ces hauteurs, me familiariser avec le terrain, jouer d'abord dans la montagne, me l'approprier, m'habituer à marcher.

Mais c'est si escarpé. Tu marches si vite.

Je te supplie de t'arrêter.

D'une voix de plus en plus rauque.

De plus en plus faible.

Comme si je traînais une vache.

Pesant tout le poids du monde.

D'un filet de voix de plus en plus étranglée.

Finalement, il ne sort plus de ma gorge que ce sifflement, comme deux brins d'herbe desséchés.

Je voudrais réclamer de l'eau à grands cris, mais les mots s'échappent de ma bouche comme des bulles d'air.

Tu réponds que j'aurai de l'eau.

Tu t'arrêtes un instant.

Je demande où est l'eau, on n'a rien emporté.

Tu dis que si je continue, je vais pouvoir boire.

Mais on n'a pas emporté d'eau.

Tu dis que j'aurai de l'eau là-haut.
La meilleure eau du monde.

Si je continue.

Puis tu te remets en marche.
Sans montrer le moindre signe de fatigue. Rien que ton dos luisant, la peau pâle et ruisselante de sueur.
Comme si tu essayais d'ôter la ville de mon corps.
De te prouver que j'étais, pouvais devenir, serais digne de toi.
Même si c'est une illusion.

En ville, quand ma mère m'envoie te rendre visite le week-end, je peux rester assis dans le bus, attendre le départ, la regarder, voir son dos s'éloigner en traversant la place, sa façon de marcher, si calme, si assurée, son dos frêle au-dessus des larges hanches, ses bras se balançant sur le côté, en jupe ou en pantalon, un mirage sur l'asphalte chaud, un souffle d'air qui soulève la poussière de la place, ses rides aux coudes, sa manière de ranger une mèche de cheveux derrière l'oreille, d'arranger son châle sans jamais se retourner. Parfois, je sors du bus en courant, file sous les yeux du chauffeur qui s'égosille, parce que je n'arrive pas à retenir mes larmes, même si je suis en route pour te voir et que c'est toujours le summum d'aller chez toi. Je veux juste l'embrasser sur la joue. Je suis submergé de la voir s'éloigner.

De la voir seule, comme elle est sans moi.

Peut-être que le chauffeur m'attend, peut-être que je change d'avis, que je la laisse disparaître dans la ville et que j'attends le prochain départ, que je remonte sans payer avec le même chauffeur, parce que j'ai déjà perdu mon billet et que je suis trop petit pour avoir de l'argent sur moi.

Ou bien si elle entre dans l'eau et préfère être seule, aller le plus loin possible, si elle me demande d'attendre en disant qu'elle a décidé de nager loin et que je ne peux pas la suivre, je le fais quand même : je mets mes lunettes de natation et je tourne autour d'elle en nageant comme un poisson, je la taquine, je disparais entre ses cuisses ridées, marquées par les ans, plantureuses, l'accompagnant vers le large aussi loin que je le peux, jusqu'à ce que l'eau devienne trop froide, le fond trop sombre. Je lui touche une dernière fois les pieds avant qu'elle disparaisse dans le décor bleu foncé, réduite à un point de plus en plus brillant là-bas, avant de regagner le rivage, le souffle coupé par la profondeur : c'est comme voler au-dessus d'un désert, le fond sableux loin au-dessous de moi, avec la peur de tomber.

Mais il y a toujours la plage où retourner.

Je reste assis sur le sable, à la suivre d'un regard inquiet, à guetter sa tête à la surface, prêt à me jeter à l'eau s'il devait lui arriver quelque chose.

La voir revenir vers moi, sortir de l'eau à grandes enjambées, vêtue d'un maillot de bain neuf, pencher la tête de côté, s'essorer les cheveux d'abord à gauche, puis à droite quand elle atteint le sable. Le silence, hormis les cris des enfants, chaque fois qu'elle se met à l'eau ou qu'elle en revient.

Courir à la buvette, boire un soda tiède sans sucre, un Tab, tout en mangeant une glace à moitié fondue.

Sans avoir besoin d'un rite plus solennel, on est attentifs l'un et l'autre à trouver un moyen de vivre ensemble, un défi qui remonte déjà à plusieurs années. On célèbre chaque anniversaire avec des saucisses, un gâteau à la crème et une bougie de plus à souffler.

Il y a longtemps déjà, tu m'avais parlé d'une autre chambre qui m'était réservée. La dernière pièce. Où ton père avait tout préparé. Pour moi. Tu disais qu'il t'y avait emmené un jour et te l'avait montrée – sans préciser si elle se trouvait dans la grange, la maison ou la cave –, qu'il t'avait indiqué l'emplacement de chaque chose, comme des pièces d'or qu'on donne en héritage, bien astiquées, en disant :

— Ceci reviendra à Lars. Ceci reviendra à Lars-Einar.

Avec solennité.

Où tout était accroché à sa place. La mienne. Un endroit fait pour moi.

Mais tu ne m'y as jamais emmené.

Tu as parlé de cette chambre jusqu'à ton dernier souffle. Comme la dernière volonté de ton père.

Je ne saurai jamais si cette pièce a existé ou si c'était un mensonge, un vœu pieux.

Pourquoi tu as mis cette pièce dans ma tête.

Pourquoi tu as fait peser ça sur mes épaules.

Elle me semblait si réelle que je me représentais tout ce qui était accroché aux murs ou posé au sol. Des outils. Des seaux. Le plan de travail. Des tiroirs pour les clous et les vis. Des gabarits dessinés sur les murs. Des modes d'emploi.

Peut-être que mon grand-père a créé cette pièce, mais s'est vu contraint de l'affecter à un autre usage avant de mourir. Quand il a fini par comprendre que la maison ne te reviendrait pas.

Peut-être était-ce lors de l'installation de la fosse septique, après avoir essayé de me mettre au travail et m'avoir observé dans le fossé, à six ans, tout juste capable de soulever une pioche, de descendre sur la route et d'arrêter la circulation quand on allait faire sauter la dynamite.

Ou peut-être que quelqu'un d'autre avait supprimé cette pièce à sa mort.

Tu as *toujours* tenu à souligner que j'étais le dernier dont il avait pris des nouvelles, le dernier dont il voulait te parler, quand tu t'es rendu à son chevet, la dernière fois à l'hôpital.

Et dire que tu as parlé de cette pièce jusqu'à ta mort.

Sans doute comme l'un de ces nombreux mensonges qui permettent de rester en vie.

Je m'évanouis ou j'ai l'impression de m'évanouir, comme j'imagine ce que ça fait de s'évanouir, comme j'imagine ce que ça fait de mourir, dans la bruyère, au milieu des fougères.

La sensation de mourir.

Je tombe sur le dos, dans le noir, un noir avec des fractales grouillantes, clignotantes sur la rétine.

Puis le noir de nouveau.

Je m'éveille à la vie.

Je lève les yeux vers le toit de fougères.

Je me hisse hors du fossé en m'agrippant à la bruyère, et l'air me court le long du sternum comme une flamme.

Tu as poursuivi ton chemin.

Je me lève et me remets en marche.

Je lève les genoux pour enjamber les obstacles sur un sentier que je distingue à peine.

Je te vois disparaître derrière un arbre.

Tes jambes sont si puissantes, elles te portent si facilement.

Une fois de plus, je tombe à la renverse.

Je me relève et continue d'avancer en trébuchant.

Des cailloux roulent sous mes pieds et je glisse sur le sable sans trouver d'appui.

Impossible de respirer par le nez, j'ai la bouche sèche, j'avale des mouches, des insectes.
J'essaie de me racler la gorge, je toussote à peine, je déglutis.

J'essaie d'être en colère contre toi. En vain.

J'essaie de trouver la haine. En vain.

Tu marches toujours, un fusil dans chaque main.

Insensible.

Comme insensible.

Tu ne te retournes jamais, tu ne tournes pas la tête, tu ne regardes pas en arrière.

Je te vois.

Je ne te vois plus.

Des sons rauques dans ma gorge.
Et ma gorge rétrécit à chaque respiration, comme si chaque respiration était la dernière.

Comme une plume obstinée chatouille et râpe, monte et descend à la base de la langue, derrière la poitrine, pénètre dans le cœur.

Dilate le sang.

Déclenche la nausée.

Je me cramponne à des touffes d'herbe et à des branches pour ne pas tomber.

C'est tellement raide, la pente bien trop abrupte.

Je tente de crier que tu dois t'arrêter, m'attendre.

Rester avec moi.

Rester avec moi.

— Reste avec moi.

Attends.

Attends.

Attends.

— Attends-moi.

Je chuchote.

Je geins.

J'ai des éblouissements.

Papa.

Papa.

Pa-pa.

— Pa…

Les syllabes tremblent, à l'inspiration et à l'expiration, me tombent des lèvres, alors qu'elles devraient gravir la montagne au pas de charge, en rangs serrés et déterminés.

Puis je suis à court de mots. Plongé dans quelque chose d'autre.

Une bulle sans pensées.

C'est tout juste si je parviens encore à lever les bras.

Ma langue gonflée se recroqueville dans ma bouche.

Mais je ne peux pas m'arrêter, je n'ose pas.

Seulement marcher.

Ne pas parler.

Je sais que je suis trop grand pour pleurnicher.

Ne pas penser, juste exister.

Mes chaussures raclent le sol, butent sur les pierres, pataugent dans la boue, s'enfoncent dans les tapis d'aiguilles de sapin. Je me fais une raison. Tout rétrécit : le souffle, le champ de vision, l'esprit. Je me concentre sur ton dos, c'est mon seul objectif. Je m'efforce de te rattraper même si je n'en suis plus capable.

J'entends une cloche, une sonnaille tinter dans le lointain.

Tout élan dirigé vers ce seul but.

Celui qui n'attend pas accomplit sa propre volonté.

Tandis que tout le reste disparaît, disparaît ou menace, se fond dans la verdure et se tend vers moi, me poursuit, m'agrippe les chevilles.

The near room[5].

Toi, tu ne fais qu'avancer.

Sans un mot.

Tu ne fais que marcher.

Tu ne fais que poursuivre ta route.

---

5. C'est en ces termes que le boxeur Mohamed Ali désigne une sorte d'antichambre intérieure dont les limites constituent le dernier rempart avant la destruction.

Ton dos lisse, le fusil à air comprimé dans une main, avec ton maillot de corps qui pend comme la dépouille d'un animal, la carabine dans l'autre.

Je marche encore, moi aussi, j'avance d'un pas trébuchant.

Même si j'ai la sensation de me noyer en moi-même.

Je me noie dans ma propre chair.

Chaque pas sera le dernier.

Je me regarde de l'extérieur, comme si j'étais à la traîne, quelques pas derrière moi.

Je suis enfermé au fond de moi et je regarde vers l'extérieur avec colère et tout me fait mal.

Je me réjouis des petites victoires chemin faisant : une racine accessible qui offre un point d'appui, un élan pour la foulée suivante. La branche d'un jeune bouleau qui se tend vers moi et se laisse saisir sans casser, telle une main amie.

Seul avec le monde.

Seul avec la roue.

Seul avec la roue grinçante qui tourne péniblement sur son axe.

Les poumons scellés qui ne s'ouvrent pas suffisamment.

Je reprends conscience sous les fougères, scrute le couvert végétal.

Je compte.

Vois des fractales.

Des motifs kaléidoscopiques.

Un halo de lumière envahit mon champ de vision, je me retourne, il disparaît.

Cela me laisse sur la rétine des ombres mouvantes, des traînées palpitantes, que je garde les yeux ouverts ou fermés.

Personne d'autre ne me fait ça, personne sinon ceux qui sont méchants à l'école ou dans le voisinage, mais alors je peux toujours prendre la fuite : c'est auprès de toi que je trouve refuge.

J'ai verrouillé la cible et la cible a disparu.

Je t'entends m'appeler, loin, là-haut dans la pente.

Avec exigence. Insistance.

Loin, très loin dans la forêt, avec des voyelles longues.

— La-a-a… shh…

— Laa-a-aa-shh.

— Shh.

Ta voix se fond dans le murmure qui parcourt les cimes des arbres, revient comme un écho de la crevasse, à l'est, suivi du même tintement.

Le cri se fraie un chemin, s'enfonce profondément dans ma mémoire pour resurgir plus tard, comme sorti de nulle part, de manière totalement inattendue, pour le restant de mes jours.

Puis je n'entends plus que le rythme régulier de mes râles, comme si j'avais la diphtérie, tandis que je continue de tituber.

J'essaie de te rattraper, de me repérer au son de ta voix.
Pousse un râle.
Un râle.
Un râle.

Je trébuche.

Pousse un râle.
M'accroche.
Pousse un nouveau râle.

Puis la forêt s'ouvre, s'éclaircit, blanchit à cause des bouleaux.

Je regarde en bas, je patauge dans l'eau, je marche en titubant dans l'eau, dans l'eau et la boue.

Je glisse sur des pierres lisses, polies.

Je perds une chaussure dans le sol marécageux. Je m'empresse de la remettre, puis ça recommence et je me rechausse sans me soucier de ce qu'il y a à l'intérieur, entre mes orteils.

J'entends que ça fait un bruit spongieux à chaque pas, mais je n'ai pas la force de baisser les yeux.

Je me cramponne à des touffes d'herbe pour rester debout même si cette partie du versant est moins abrupte.

Je finis par enlever ma chaussure dégoulinante que je tiens à la main.

Tu t'arrêtes, te retournes enfin, loin devant, tu lèves le bras en guise de salut. Derrière toi, la montagne érodée a des reflets éblouissants à cause de l'humidité ou des scintillements du minerai.

Tu t'accroupis dans l'eau et tu te laves le visage, tu te passes une main dans les cheveux, tu te laves les bras, les aisselles, tu t'asperges de grandes gerbes d'eau.

Tu me demandes comment ça va.

Je ne suis pas en état de répondre.

Quand je m'arrête, fais les derniers pas en chancelant pour te rejoindre, tu me dis que je ne suis plus celui que j'étais avant.

Tu dis que j'ai tenu le coup. Tu n'étais pas sûr que j'y arriverais.

Tu souris.

N'empêche que j'ai réussi.

Je m'asperge d'eau.

Je me lave le visage.

Je me passe la main dans les cheveux.

Je dis que j'ai soif.

Tu me dis d'attendre.
J'enlève le maillot trempé de sueur.
Je remets ma chaussure et noue les lacets.
Je dis que j'ai soif.
Tu me dis d'attendre.
Je dis que j'ai soif.

Tu te lèves et redescends un peu sur le sentier, tu entres dans l'eau à l'endroit où elle est la moins profonde, comme un escalier, un barrage de pierres par lequel l'eau du ruisseau s'écoule lentement, s'infiltre avant de devenir une rivière, de serpenter pour poursuivre sa course à flanc de montagne et commencer à creuser dans la tourbe.

Tu dis que cette eau est à moi, que cette rivière porte mon nom.

Quoi qu'il arrive à l'avenir.

Solennellement, comme si c'était *à cet endroit précis* que mon esprit s'était hissé dans une enveloppe corporelle.

Tu jettes des poignées d'herbe et de terre. Tu fais une échancrure, courbes ta main à l'annulaire amputé, le majeur comme une griffe, une pelle mécanique, et tu creuses un trou de plus en plus grand dans la berge.

Quand je te demande si tu as l'intention de me faire boire de l'eau boueuse alors que celle de la rivière est à portée de main, tu me fais taire.

Tu me demandes d'attendre.

Même si j'ai si soif.

On s'assied et on regarde l'eau s'éclaircir.

La boue se déposer au fond.

Ça tourbillonne encore dans l'eau.

Mais on attend.

Tu dis qu'il ne faut jamais boire de l'eau stagnante, que la seule eau potable est celle qui reste en mouvement.

Des grains de sable tourbillonnent à mesure que le trou se remplit d'eau, on y distingue des éclats scintillants, quelque chose qui ressemble à de l'or et qui se dépose au fond.

Je vois l'eau s'éclaircir.

Et je peux enfin boire.

Je lape comme un chien, un petit chien dont le dos s'arrondit à chaque coup de langue, je m'enfonce dans le trou de tourbe et vois mon visage disparaître au fond du petit puits, tandis que j'aspire l'eau.

Tu me demandes de boire plus doucement de manière à ne pas troubler l'eau.

Respirer.

Respirer.

Respirer.

Puis boire.

Après vient ton tour : les bras écartés, tu t'y prends comme un cerf ou une girafe, des animaux que je n'ai vus qu'à la télévision, tu te relèves avec un sourire et tu t'essuies la bouche d'un air satisfait.

On rit en chœur et je bois encore.

Je bois par envie et non pas parce que j'ai soif.

Tu me demandes si ça fait du bien.

Je réponds que ça fait du bien.

Tu me montres les baies qu'on peut cueillir et manger.

Tu arraches de l'écorce à l'un des arbres pour en faire un bol.

Tu me montres aussi les baies qui ne sont pas comestibles.

D'un signe de tête, tu me montres que je peux me servir de mon tee-shirt comme d'un sac.

Je dis qu'il va se salir, se tacher.

Tu dis que ça ne fait rien.

Je fais remarquer que mon tee-shirt est imbibé de sueur.

Tu dis que ça ne fait rien.

Que mon corps n'est pas malsain.

Tu remplis ma main des baies du bol en écorce.

Tu remplis ma bouche des baies du bol en écorce, jusqu'à avoir les joues bombées et du mal à avaler.

Je broie les baies qui éclatent sous la langue.

Je sens les graines s'écraser entre les molaires et le jus sucré couler dans ma gorge.

Je me gave, je demande si je peux faire comme Gene Simmons, le vampire guerrier, le monstre que je porte en moi, recracher et avaler le sang qui a coulé sur mon menton, tirer la langue, les yeux révulsés, blancs. Tu dis que c'est du gâchis, qu'on doit montrer du respect pour ce don de la nature, parce que c'est sacré. Tu finis par céder avec un sourire, vas-y, et je le fais : je bascule la tête en arrière, laisse couler le jus des baies dans ma gorge, puis, penché en avant, langue sortie, avec le frein de la langue raclant contre les dents de la mâchoire inférieure, je pousse un cri guttural en te jetant un regard mauvais, jambes écartées, sans réussir à t'effrayer : tu te laves les mains, imperturbable, tu éprouves la fraîcheur de l'eau, tu quittes du regard la surface miroitante qui te renvoie ta propre image, des années auparavant, avec un sourire découragé. J'essaie de trouver une flaque d'eau stagnante pour voir de quoi j'ai l'air et je suis surpris de découvrir que mon visage n'a pas changé, deux lignes fines encadrant la bouche.

Je bois encore.

On partage les rares baies que j'ai cueillies, dans le tee-shirt KISS Army.

De ton ongle tordu, tu fais rouler les dernières dans ma direction, sur l'emblème au flocage scintillant. Ce n'est pas mon visuel d'album préféré, je ne trouve pas à mon goût la typographie fine et pointue, comme si le logo vacillait sur un échafaudage de pilotis menaçant à tout moment de s'effondrer, ou comme des pattes d'insecte.

Mon préféré, c'est *Destroyer*. Celui où le groupe passe en trombe au-dessus d'un tas de décombres, avec le monde en flammes en arrière-plan.

Tu demandes si je suis rassasié.

Je suis rassasié pour le moment, j'ai eu ma dose de sucre.

Tu te lèves, tu te cures les dents avec la langue.

Quand j'essaie de me redresser, mes cuisses n'obéissent pas, je retombe d'abord sur la pierre, les jambes raides, et je dois prendre appui sur mes mains pour me relever.

On longe le ruisseau en contournant les trous d'eau.

Tu scrutes le sol.

Tu me montres des empreintes d'animaux, tu me racontes, tu essaies de m'expliquer quel animal est passé par là pour se désaltérer à la rivière. Tu t'éloignes, trouves, palpes les excréments et m'indiques à quand remonte le passage des animaux et dans quelle direction ils sont partis.

Je demande s'il y a des ours ici, ou des loups. Des lynx. Des gloutons. Des animaux dont je connais le nom et dont j'ai peur.

Des blaireaux, j'ai le plus grand respect pour les blaireaux, après avoir vécu à la ferme près de la forêt domaniale. J'ai pris l'habitude d'enfoncer des branches dans mes bottes si j'en porte, quand j'entre dans les bois, pour préserver les os de mes jambes au cas où je serais pris dans un piège posé au sol. Je n'ai encore jamais eu l'occasion de voir mon animal totem. Tu hausses les épaules, il n'y a pas de blaireaux par ici.

Pour ce qui est des autres animaux, il n'est pas impossible qu'on aperçoive un loup solitaire, mais pas de meute, donc inutile de m'inquiéter.

Des vipères.

Tu acquiesces brièvement.

Peut-être, mais je n'ai pas de souci à me faire tant que tu es avec moi.

Au pire, on tombera sur des brebis avec leurs agneaux.

Tu lèves un doigt en l'air et je tends l'oreille : est-ce que j'entends au loin un tintement, des sonnailles ?

J'acquiesce, je reconnais le son que j'ai entendu en montant. Il m'avait semblé que ça venait de moi.

Des cerfs.

Avec un peu de chance.

Tu me dis de m'asseoir sur tes genoux, tu me demandes si tu ne m'as pas mené la vie trop dure.

Je réponds que si.

Tu ris.

Tu dis que ce qu'on fait tous les deux, c'est quelque chose que ton père t'a fait subir quand tu étais petit.

Qu'on a emprunté exactement le même chemin que vous.

Tout comme son propre père l'avait fait avec lui.

Sauf que, à l'époque, tu étais encore plus petit, six ans, peut-être même cinq ans, alors que j'en ai déjà neuf.

Pour voir de quel bois tu étais fait.

Pour voir de quel bois je suis fait.

Je les vois comme des fantômes, des revenants alignés sur notre chemin.

Je te demande si tu n'es pas fatigué, toi aussi. Tu dis que c'était dur, mais que tu es fier de moi parce que je n'ai pas laissé tomber. Je sais que tu dis ça pour me faire plaisir : si tu avais voulu, tu aurais gravi la montagne en courant.

Tu demandes si je peux encore tenir le coup.

Si j'ai encore des *réserves*.

Je ne sais pas.

J'ignore toujours où on est, où on va, à supposer qu'il y ait un but, un endroit, quelqu'un qui nous attend. Je sais seulement qu'on est quelque part dans la montagne, peut-être au sommet, et c'est sans doute ce qui me paraît le plus éprouvant :

Flotter dans l'incertitude.

M'accrocher à toi, comme au bout d'une corde invisible, comme si c'était dans l'espace.

Où tout pourrait être un désert, un désert de glace.

Où on pourrait n'être que des lettres solitaires, abandonnées, dispersées sur une feuille de papier.

Où la mort me guette dès que tu t'éloignes de moi.

En faisant des incursions dans l'au-delà.

Où se cramponner à toi, c'est vivre.
Te perdre, c'est mourir.

Ou bien tu meurs pour moi.

Même si tu viens de m'apprendre tout, ou du moins ce dont j'ai besoin pour survivre.

Quelque chose de fondamental.

Je me sens plus fort maintenant que je me suis reposé et je n'ai pas envie de dire non: on s'adresse toujours à moi et on parle toujours de moi comme d'un garçon de la ville, *tout le temps*, comme si j'étais un bon à rien. Incapable d'attacher une corde, de traire, de creuser le sol, de faucher l'herbe ou de sauter suffisamment haut sur le foin pour le tasser.

Je fais de mon mieux pour supporter les préjugés, je contrarie rarement les gens, j'apprends à rire de moi-même.

Un matin de bonne heure, ce même été, avant le petit déjeuner, tu m'as emmené sur le quai pour observer le cadavre d'un requin du Groenland. Il était si énorme que le pêcheur avait eu du mal à le hisser sur la plus haute marche de l'escalier en pierre où une hermine s'abreuvait à ses blessures, partait et revenait comme une flèche du trou, de son trou dans les fissures du quai en granit.

Et tout le monde riait, croyant que j'avais peur, que je restais planté là comme hypnotisé, croyant que c'était la première fois que je voyais un cadavre d'animal aussi gigantesque, alors qu'en réalité j'admirais l'hermine. Je la regardais avec envie se délecter de la chair fraîche dans laquelle elle plongeait son museau lisse, buvant le sang sans retenue, toujours sur le qui-vive, allant et venant comme une flèche, les moustaches frémissantes, la fourrure maculée de rouge jusqu'au cou. Je raffole de la viande de baleine. Je dois désormais me contenter de spaghettis et de bâtonnets de poisson pané.

Puis quelqu'un a fait remarquer, peut-être est-ce le pêcheur qui l'a dit, un voisin ou un badaud, les mains dans les poches, que c'était probablement un spectacle rare pour un garçon de la ville, et cela a tout gâché.

Je voulais rentrer à la maison.

On a cru que j'étais trop sensible. Que je n'étais pas habitué à voir ça.

Un qui récitait encore le bénédicité à table quand d'autres à la ferme pouvaient dire *saigne le cochon et mange-le.*

Même si cette façon de me dorloter était guidée par la délicatesse – famille, voisins, amis, tous s'efforçaient de me donner ce qu'ils avaient de meilleur, de nouer des liens pour l'avenir –, cela venait souligner le fait que j'étais *extérieur* à leur monde, même si l'intention était de m'inviter à *l'intérieur.*

Comme si personne ne savait, comme si on avait complètement oublié que j'ai grandi dans une ferme (la différence étant que cette ferme-là est au milieu des champs, comme une île dans un océan de blé, tandis que celle-ci est entourée de forêts, d'un fjord et d'une montagne). J'ai vu des veaux mort-nés sortir du ventre de leur mère et être enfouis avec leurs sabots jaune verdâtre et luisants dans des sacs-poubelles noirs sur le sol en béton, j'ai assisté aux premiers pas d'innombrables veaux, j'ai vu assez de lait pour me noyer dedans, j'en ai bu à même le pis de la vache, pendant les journées froides de l'hiver je me suis réchauffé contre leur ventre, j'ai appris à donner le fourrage aux bêtes, à récurer les stalles et à y répandre de la sciure de bois, à me faufiler entre les chevaux, à me glisser derrière le maréchal-ferrant pour ramasser les restes odorants des sabots sans déranger l'animal, je sais comment et quand je dois me cacher, chercher refuge dans les bois quand les étalons en rut s'échappent de leur enclos et quand tout le monde doit se cloîtrer. Je ne me laisse plus avoir, je ne saisis pas la clôture électrique à pleines mains, pas plus que je ne pisse dessus, à moins que la curiosité ne soit trop forte.

J'ai vu le gros animal agonisant, les pattes et les sabots croisés.

Les poils hérissés, les crins dressés.

À mi-chemin vers l'au-delà.

(Comme dans les peintures rupestres parsemées de taches dansantes, de traits ondulants, où le chaman imite l'animal, pénètre avec la bête dans l'au-delà : lui aussi les cheveux dressés, les jambes croisées.)

J'ai vu le cheval isolé du troupeau dans le pré et conduit seul, sur ses sabots trop lisses, vers le plateau de chargement sur lequel on le hisse avant de l'attacher solidement alors que les autres chevaux sortent de l'écurie avec insouciance pour s'ébattre librement dans les pâturages.

J'ai navigué à travers les océans dorés sur d'énormes moissonneuses-batteuses au coucher du soleil, et donné un coup de main pour vider des cargaisons de blé dans lesquelles j'aurais pu me noyer, là aussi, dévalant dans le silo en béton et saturant le bassin en sous-sol dès la première journée de récolte.

Je suis le blé.

Tu es, vous êtes la forêt.

J'*ai été* le blé, à présent je suis à la lisière.

Tu dis qu'on peut s'arrêter là, si je veux. Que ceci restera, à jamais, l'endroit où on peut rebrousser chemin et rentrer à la maison.

Mais qu'il y a bien d'autres choses à voir, que ceci n'est qu'une infime partie, le début seulement.

Si je veux. S'il me reste des forces.

Qu'on fera comme je veux.

Tu ris.

Mais tu rappelles que tu ne peux pas me porter.

Ni pour monter ni pour descendre.

Pas question.

Que je dois marcher tout seul, quelle que soit la direction, quel que soit le chemin choisi.

Je ne peux pas dire non.

Tu me demandes si j'en suis sûr.

Je hoche la tête.

Tu dis que si je veux, je n'ai qu'à redescendre.

Je demande si tu viendras avec moi.

Tu dis non.

Tu pointes le doigt vers le haut et dis que tu vas jusqu'au sommet, même seul.

Je peux attendre ici, si je veux.

Je ne veux pas.

Mais tu as envie de me montrer quelque chose.

Tu es Dieu.

Le soleil.

Tu es tous les continents confondus. La côte de l'océan Atlantique, la côte de l'océan Pacifique, de part et d'autre : l'Amérique, l'Asie, l'Australie, la Guinée, l'Inde, l'Afrique. L'Hudson, Manhattan, les eaux troubles, infestées de requins et de crocodiles du port de Kingston, et tu as voyagé, vogué à travers des typhons, franchi la fosse des Mariannes, le cratère de Chicxulub, tu as vu presque tous les monstres que recèlent les océans, tu as assisté à d'étranges phénomènes lumineux dans le triangle des Bermudes, tout ça pour arriver ici.

Et si tu n'es pas Dieu, alors tu es Abraham ou Moïse.

Tu es la voie, une flèche qui indique la voie à suivre.

Où je n'ai pas mon destin en main.

Je dis que j'ai envie de faire caca.

Tu me demandes si j'en suis sûr.

Je croise les jambes.

Je sens mes cheveux se dresser, je frissonne.

Je dis que j'ai besoin de chier.

Tu me demandes d'attendre, tu t'éloignes rapidement au milieu des arbres pour creuser un trou dans le sol avec une pierre plate, tu me fais signe d'approcher. Tu dis qu'il est important de s'écarter le plus possible de l'eau.

Alors que tu es à genoux en train de creuser, je demande si je peux t'aider.

Tu dis non, ce n'est pas nécessaire, tu me demandes si je peux me retenir encore un peu.

Tu jettes la pierre au loin.

Avant, c'était toi qui me donnais la fessée si je faisais dans mon pantalon, une tâche qui te revenait, jusqu'à ce que tu y renonces, en larmes. Tu étais peut-être le plus attentif et le plus compréhensif, le moins exigeant, *tolérant* là où les autres se montraient sévères.

Tu t'éloignes.

Tu me laisses seul, jambes écartées au-dessus du trou, mais reviens avec de la mousse quand je crie que j'ai fini. L'une humide et épaisse, l'autre sèche.

Au début, je ne comprends pas ce que je dois en faire.

Tu ris.

Tu me demandes de réfléchir.

Tu ne peux plus le faire à ma place.

Je dois commencer par la mousse douce, verte. Comme un poumon humide ou une chatte posée sur la pierre à côté de moi.

Puis la mousse sèche si nécessaire.

Tu disparais, reviens, me demandes de reboucher le trou avec mes pieds : ta version du Deutéronome 23, 12-13[6]. Tu me conduis là où tu as creusé un nouveau trou pour moi, à l'écart de l'endroit où on s'était accroupis en attendant que l'eau monte.

Je me lave les mains.

Je vois mon visage se refléter dans le noir.

Le tien derrière moi.

Puis tu disparais de nouveau, sans prévenir, dans mon dos, tu escalades à longues enjambées la montagne érodée, un fusil dans chaque main, ton maillot de corps pendouillant à l'une des crosses.

Je t'appelle à grands cris.

Tu dis que tu ne peux pas me porter.

Je rampe, je grimpe derrière toi sur la montagne, je glisse, dérape sur quelques mètres. Quand enfin j'arrive en haut, je t'aperçois loin devant en train de pisser contre un arbre, les arbres sont plus petits, plus rares, plus jeunes.

6. « Mais, à l'approche du soir, il se baignera dans l'eau et, au coucher du soleil, il rentrera dans le camp. / En dehors du camp, tu disposeras d'un coin où te mettre à l'écart. »

Je pisse au même endroit.

Tu m'as laissé la carabine.

Tu me fais signe de te rejoindre, me soulèves pour que je regarde dans un nid d'oiseaux, me demandes s'il y a des œufs ou des petits dedans, je réponds qu'il est vide.

Tu examines les sorbiers.
Déchiffres les signes.
On avance le long de la lisière, avec rien d'autre que la montagne érodée et nue devant nous, comme une paroi lumineuse, ridée de vert, un énorme autel déposé là par un géant, loin de l'autre côté.

Tu t'arrêtes devant le dernier bosquet, me demandes de m'allonger.

Tu t'allonges, toi aussi, tu pointes le doigt, montres un endroit, racontes comment ton père a tué deux cerfs sur l'arête de la montagne, là-haut, à un kilomètre ou deux, soit un kilomètre et demi à vol d'oiseau, évaluant l'avance qu'il fallait donner pour que la balle atteigne le premier cerf au bon endroit. Tu m'expliques qu'il faut viser un mètre ou deux devant la bête, de sorte que celle-ci fonce droit sur le projectile, il faut ensuite calculer le temps que va mettre le son à arriver pour réussir à réarmer, viser de nouveau sans quitter le guidon des yeux, sans rater sa cible, tirer de nouveau sans laisser le temps au dernier cerf de s'esquiver d'un bond de l'endroit où le premier est tombé, et, avant même que la première détonation parvienne jusqu'à lui, les abattre tous les deux.

Depuis, personne n'a réussi à reproduire l'exploit de mon grand-père.

Cet exploit lui a valu un prix de chasse.

Tu me dis qu'on est les derniers d'une longue lignée de tireurs d'élite.

Que ton père jouait aussi du violon, qu'il a remporté des concours, jusqu'à ce que la peau de ses jointures se dessèche et se fende, à cause du travail de la terre, du travail à l'usine.

Tu demandes si j'ai la force de monter jusqu'à l'arête où les deux cerfs sont tombés.

Je ne sais pas, je lève les yeux vers l'endroit où les deux bêtes ont dû courir, je demande si on ne pourrait pas y aller un autre jour, dis que je suis à bout de forces.

Tu dis qu'il n'y aura pas d'autre jour.

Que c'est maintenant ou jamais.

Que je risque de le regretter.

Je me lève, brosse mes vêtements, je demande si on peut marcher plus lentement, te demande de le promettre, ce que tu fais sur la foi et l'honneur. Tu promets de ne pas me pousser au-delà de mes limites.

On cueille les dernières baies sur notre chemin, des mûres arctiques, peut-être, on traverse la prairie sans se presser, à travers l'herbe, jusqu'à ce qu'il n'y ait plus le moindre arbre autour de nous, et tu me demandes de presser le pas maintenant que je peux te voir, tu promets de ne pas disparaître de nouveau. Tu me dis que tu garderas un œil sur moi, que tu seras plus attentif.

Je te suis des yeux tandis que tu cours jusqu'au pied de la montagne nue, tu cours en diagonale avec des mouvements de plus en plus résolus ; je lève mon arme une fois, je te vise, je vise un mètre devant toi, je sens mon souffle encore rauque dans ma gorge, j'appuie sur la détente.

Je plonge la main dans la poche arrière.

Casse le canon sur le genou.

Appuie de nouveau sur la détente : une claque sur la joue et un crachat, à peine un déclic et le projectile échoue dans la plaine quelque part, il décrit un arc de cercle plutôt qu'une ligne droite en se heurtant au vent, loin du pied où tu es monté.

Tu t'assieds, à mi-chemin de l'arête, tu changes d'avis et redescends à ma rencontre : tu dis que c'est raide, il vaut mieux que je passe devant.

Finalement, tu portes de nouveau les deux armes.

Peu avant le sommet, avant que je sache qu'il s'agit du sommet, je dis que je ne peux pas aller plus loin.

Que je suis incapable de faire un pas de plus.

Tu me demandes de me retourner, ce sera la première fois que je regarde en arrière, je vois au loin le fjord, les sommets à la blancheur d'hermine au sud, le versant opposé bleu, gris-bleu, puis vert et luxuriant, tombe à pic et disparaît vers la mer, bleue, verte ou noire, avec des hydroglisseurs, sinon des monstres métalliques trop grands et rugissants, laissant dans leur sillage comme de fines rayures, des éraflures à la surface de l'eau.

Je me mets à rire.

Je sens le vent m'ébouriffer les cheveux.

J'essaie de décoller mes pieds du sol.

Je pointe fièrement du doigt les terres en contrebas, comme si je venais d'en devenir le propriétaire, tu hoches la tête et tu tentes de ressentir la même joie, de la faire tienne : cet instant si ardemment désiré, ce dont tu avais rêvé dès ma naissance. Et le vent joue aussi dans tes cheveux.

Je m'apprête à me rasseoir, plus que satisfait d'être monté jusqu'ici, d'avoir réussi à marcher *aussi* loin, quand tu te faufiles devant moi, me prends par la main pour que je me relève, et m'aides à franchir les derniers mètres. Je sens le vent souffler autour de moi, me soulever les pieds, tu me fais passer devant un étang, poses les armes, tu me charges sur ton épaule, tu avances à grandes enjambées sur le dernier tronçon jusqu'au sommet, ce qui est l'avant-dernier sommet : on aurait pu continuer en direction du nord-est, mais tu comprends que ce n'est pas envisageable.

Tu me déposes par terre et tu me montres le paysage qui s'étend sous nos yeux.

Tu dis que, aussi loin que porte le regard, c'est, c'était *à nous*, que ça nous était destiné.

Tu me pries de me retourner, de bien mémoriser la vue.

Le soleil semble à portée de main, mais il est impossible de le regarder dans les yeux, il descend vers l'embouchure du fjord, à l'ouest.

La couche de nuages, loin là-bas, à notre hauteur, décrit une courbe, une voûte dans ce couvercle cotonneux blanc, gris et bleu, le vent du sud se fraie un chemin vers les cimes, puis redescend sur le versant opposé.

C'est comme se tenir *dans* les nuages, toucher le ciel.

Derrière le prochain sommet, celui qui est le plus élevé, les lacs qui alimentent la centrale, dans une des anses, les contours d'un bâtiment que tu appelles *le refuge*, dans les pâturages. Peut-être que tu espères, peut-être que tu t'es imaginé qu'on réussirait à atteindre ce sommet avant de redescendre vers les lacs, jusqu'aux plateaux, dormir dans le refuge, mais tu comprends, dis-tu, que je n'en peux plus.

Tu es heureux malgré tout d'avoir pu me *montrer* cela.

Quoi qu'il en soit, cela fait aussi partie de mon héritage.

Cela fait partie de moi.

Cela fait *dorénavant* partie de moi.

Comme si on avait essayé d'aller au bout du monde. Malgré toute la distance parcourue, on n'a pas encore atteint la limite de notre domaine.

Te montrer, *me* montrer, dans toute son étendue, comme on était grands, toi et moi, en réalité.

Comme on avait été grands.

Comme on aurait dû être grands.

Si les choses – *toi* – avaient été différentes.

Comme si, pour une raison inconnue, tu voulais me montrer tout ce que tu n'as pas réussi à obtenir.

Tout ce qu'on a perdu par ta faute.

La seule chose que peut-être je regretterais ce jour-là, non pas de t'avoir accompagné et suivi, non pas le voyage, mais ceci : la certitude de t'avoir vu et perdu en même temps.

Ce qui s'était désagrégé entre tes mains.

Ce dont tu avais été privé du jour au lendemain.

À moins que tu ne t'en sois privé toi-même.

Pour toi et tous tes descendants.

Mais il en restait assez pour se mirer.

Une étendue infinie.

Desolation Peak.

On s'allonge par terre, tête contre tête, adossés à la montagne, on lève les bras en l'air, on touche presque le ciel.

Tu dis que cela peut encore m'appartenir, que l'avenir nous le dira.

Tu te redresses, tu ouvres les mains, les bras, les mêmes gestes que tu as faits l'un des premiers soirs dans le refuge, carabine à la main, comme pour m'offrir tout cela, ce royaume en contrebas.

Tu me demandes si maintenant que j'ai vu, que j'ai pu voir tout ça, cela ne me fait pas *envie*. Maintenant.

Je ne sais pas.

Mais, s'il devait arriver quelque chose, la question se poserait de nouveau.

Est-ce qu'alors je dirais *oui* ?

Je réponds *peut-être*, ou *évidemment*.

Les variations de Matthieu[7]. Face au royaume. À sa splendeur.

Cela dépend si j'ai ou non la force de répéter mot pour mot tes paroles.

Tu dis que c'est une grande question, une question importante.

Qu'il est peut-être prématuré pour moi de me prononcer et que je ne dois pas non plus me sentir obligé de répondre.

Mais qu'un jour viendra où je serai très probablement le *prochain* sur la liste des héritiers de cette terre. Si tant est qu'il n'en vienne pas d'autres. S'il devait arriver quelque chose.

Mais tu auras enfin pu me montrer ça et me poser la question.

Tu dis merci, il fallait que ce soit dit. Ce que tu fais toujours quand tu comprends que tu as été trop insistant, trop intense.

---

7. « Le royaume des cieux est encore semblable à un trésor caché dans un champ. L'homme qui l'a trouvé le cache ; et, dans sa joie, il va vendre tout ce qu'il a, et achète ce champ. » (Matthieu, 13, 44)

Tu répètes que je n'ai pas besoin de me prononcer sur tout ça *maintenant*.

— *Je radote...*

Peut-être, *provisoirement*, ici et maintenant, en mille neuf cent quatre-vingt-trois, il existe un *certain* consensus à ce sujet, par nécessité, une forme minimale de sécurité stipulant que moi, le premier fils de l'aîné, selon les termes de la loi édictée en mille neuf cent soixante-quatorze toujours en vigueur, je dois me préparer autant que faire se peut à cette mission, car tout cela doit rester dans la famille, cela ne doit pas disparaître, tomber entre les mains d'autrui. En cas de malheur. Ou simplement par *sollicitude* : comme ton frère puîné m'a fait participer à la gestion quotidienne en me confiant de petites tâches tout l'été. Tresser des cordes. Surveiller les filets de pêche. Aiguiser les couteaux sur la meule, huiler la faux, moissonner l'herbe pendant que tu travaillais à l'usine, m'entraîner dans la grange après le petit déjeuner pour aspirer le diesel de la cuve et le verser dans le réservoir du tracteur, donner du fourrage aux bœufs en bas près de la plage, puis livrer les engrais aux fermes voisines et chercher le foin, me montrer où et comment jeter les flotteurs pour poser les filets, pêcher, décapiter le poisson et le vider. En faisant preuve de patience, rien de très grandiose, plus comme un jeu, sans contraintes, plus dans *la sérénité*, pourquoi pas, à partir du moment où le royaume lui reviendra, au point que je l'ai à peine remarqué, sauf quand il se moquait de moi, *le gars de la ville*, quand il m'a confisqué mon canif après m'avoir surpris en train de courir avec, j'ai été entraîné dans une sorte de jeu, une danse qui va se poursuivre puisqu'il tient à continuer à m'inviter ici. Mais *seul.* Sans toi. Après ce qui arrivera dès que tu auras choisi ta sortie.

À moins que ce ne fût aussi pour que tu puisses vivre dans l'espoir que ces terres me reviendront. Dans ce cas, ici et maintenant, en mille neuf cent quatre-vingt-trois, sans doute estime-t-il à raison que tu serais infiniment plus dangereux sans espoir.

Au cours des années qui suivront, ce sujet ne donnera plus jamais lieu à de grandes conversations, rien que des choses dites en passant, où tu préciseras toujours que je dois me tenir *prêt*, que je dois moi-même en avoir *envie.*

Je t'entendrai surtout te plaindre d'avoir dû te contenter de si peu : un bidon de lait.

Peut-être que cela prendra *cinq* ans : dans un peu plus de deux ans, tu seras sans domicile fixe, trop malade pour y songer, pour me faire miroiter cette possibilité, tu traîneras dans les quartiers est de la ville avec une béquille et un pied nécrosé : c'est comme dormir avec un oisillon mort sous l'oreiller, l'air vicié de la pièce quand je te rends visite.

Ensuite, quand tu émerges de ton coma artificiel, sors de ton lit après des mois passés sur la planète cotonneuse du goutte-à-goutte de morphine pour t'asseoir dans un fauteuil roulant et affronter un quotidien que tu es incapable de faire face sans défonce, sans espoir, un seul projet : une discussion beaucoup plus précaire et intense. Ce serait ça, la seule grande *conversation*, tu dois mettre les choses au point, maintenant que je suis bientôt majeur. Et toi, à pas rapides, alors que tu passes presque pour un vieillard, tu me presses de répondre – même si cela va à l'encontre de toute logique – *si*, si l'opportunité se présente, si j'aurais envie, si je serais prêt.

— Mais seras-tu *prêt* ?

Si on devait me poser la question.

S'il devait arriver malheur.

Et loin là-bas, mais dans quelque chose qui se rapproche à grands pas, recroquevillé dans le vieux canapé fleuri, à côté de toi dans ce logement social, même si je sais qu'il n'en sera pas question, je laisse à contrecœur la plus pitoyable créature de Pandore susurrer :

— Oui.

— Quoi donc ?

— Je serai *prêt*.

J'aurai toujours envie, je ne serai jamais prêt.

Je sais au fond de moi que cette possibilité ne se présentera jamais, que je n'aurai jamais à prendre position. Je persiste à répéter tes propos, avec plus de légèreté parce que le temps fait son œuvre, je suis plus mature, je fais plus le poids. Je sais que viendra le moment où tu demanderas avec plus d'insistance, plus d'urgence, quelque chose qui ne veut pas mourir, que je perçois derrière tes yeux, avant que tu te mettes à lorgner sur le miroir le prochain rail de poudre blanche.

Si je pouvais sortir de ce livre et pointer du doigt dans un autre la fin qui t'attend, qu'aurais-je vu depuis le sommet ? Un *toi* qui veut t'attendre. Même sans y voir clair.

La toute, toute dernière fois que tu te rends à la ferme, tu arrives à l'improviste, au printemps mille neuf cent quatre-vingt onze. Tu *t'introduis de force* dans la maison. Ton frère est en voyage, sa compagne seule avec le chien : comme pour dire que tu incarnes toujours une force, une grandeur avec lesquelles il faut composer. Ou simplement par *pur désespoir* depuis que tes missives restent sans réponse et qu'on te raccroche au nez. Car, au cours des pénibles conversations téléphoniques, tard le soir ou en pleine nuit, tu n'exposes pas davantage les raisons de ta visite. Pour toi, c'est une énigme chaque fois que la discussion est brusquement interrompue avant même que tu n'aies eu le temps d'implorer. Tu es persuadé que, si tu plaides ta cause, on finira par te laisser rentrer à la maison. Oui, une fois encore, leur expliquer avec une bonne dose de pathos que chaque été peut s'avérer le dernier. Puis, de longues lettres de récriminations ou des flopées de cartes qui se veulent gaies avec Garfield, Bugs Bunny, les émojis de notre époque qui dans la forme de l'exclamation expriment les motifs les plus innocents, les mieux intentionnés. Puis des motifs de déception, chargés de culpabilité, de l'étagère avec des cartes postales destinées à rester *sans réponse* – l'amour, l'amitié, la solitude, se sentir perdu et oublié, exclu. On en revenait toujours au même point : *avoir le droit de rentrer à la maison.*

Puis, vers Noël, sans raison apparente, tu as envoyé une caisse scellée hermétiquement contenant des armes choisies et graissées avec soin, certaines à vocation décorative, démilitarisées, d'autres au canon scié. Sans aucun certificat. Sans explication – était-ce un cadeau ou était-ce destiné à être entreposé à la ferme ? Ce cadeau a surtout provoqué la consternation. La colère. Personne n'a compris ce geste qui te semblait pourtant très naturel. Pas plus que tu n'as compris pourquoi ce colis, envoyé de l'autre côté de la montagne, avait été renvoyé illico à l'expéditeur.

Pour d'autres, le mystère s'est épaissi quand tu as passé ton bac en un temps record et que tu t'es distingué dans tous les défis sportifs que tu t'es lancés pendant ta cure de désintoxication. Selon toute vraisemblance, tu ne *bois* plus. Tu ne donnes pas l'impression d'être ivre, non. Plutôt *dément*.

L'été précédent, en mille neuf cent quatre-vingt-dix, tu as même eu la permission de rentrer à la maison, *ici*. Alors, *alors*, tu étais bien, calme, prévenant, reconnaissant, humble. En forme. Avec une médaille et un tee-shirt du centre de désintoxication. Fier de tes résultats au bac. Le fruit de douze mois d'automédication aux amphétamines.

Aucun de nous n'étant chirurgien ou neurologue, personne ne peut savoir que la maladie dont tu souffres, qui te privera de tes jambes, la maladie de Buerger, si ce n'est « la vengeance des Indiens », s'attaque *aussi* à tous les organes, qu'elle dévore sournoisement le cerveau. Si bien qu'aucun de nous n'a l'idée de t'envoyer consulter un pathologiste pour jeter un coup d'œil derrière ton crâne, creuser la cicatrice dans le lobe frontal et constater que *cela n'augure rien de bon.* Un grand trou noir dans ton cosmos intérieur.

Aucun de nous ne saura ce que c'est que d'avoir passé des années dans la rue, sans domicile fixe et malade. Se faire mettre à la porte de l'hôpital et se retrouver sur le trottoir après chaque amputation, jusqu'à se sentir broyé vif dans un hachoir à viande. Puis être repêché, morceau par morceau, avant d'être remis dans *la vie* pour atterrir dans un logement social avec la mort pour voisine. Quelqu'un que les traitements ont rendu morphinomane et qui doit sortir progressivement de la dépendance. Se sentir dépérir de l'intérieur, pourrir de jour en jour. Au sens littéral. Un sursis d'environ six ans, d'après les médecins. Un sursis que tu sembles pressé de réduire à cinq. Tu ne vois guère l'intérêt de mener une vie *normale* et de te tenir à carreau. Personne ne mesurera jamais la force de ce désir, aussi puissant qu'un désir de mort, *de rentrer à la maison.*

C'est la seule chose capable de donner à cet événement une forme de justification poétique, un semblant d'excuse. Pour finir, tu feras ton entrée en voiture dans la cour. Tu réclameras ta place. Tu gonfleras tes poumons de l'air de la ferme. Un chauffeur tatoué du menton jusqu'aux orteils, deux petits pieds d'enfant dépassant d'un pantalon en cuir, qui saura d'un seul geste amadouer le gros chien de garde. Et qui, péniblement, mais habitué depuis longtemps à ton poids, réussira à t'extirper de ton siège pour t'installer dans le fauteuil roulant et entrer dans la maison, où il t'aidera à faire le tour de toutes les pièces.

Toi avec tes cheveux longs à la Samson, une grosse barbe sur les joues et jusqu'à la pointe du menton, avec des allures de gourou, sachant écrire et féru de rhétorique, pugiliste émérite, restant l'objet à divers degrés de mon manque de père, parmi les épaves, ton nouveau *milieu.*

Prêt à faire la révolution, peu importe laquelle, une *toute petite*, juste ce qu'il faut pour foutre la frousse, bref, un canular de potache, une sorte de *merry prank*[8] – ce qui, pour tous les autres, s'apparente à un cauchemar, un *be-bop sous amphétamine version métal.* Mais toi, tu es persuadé que tout finira bien. Comme si tu ne te rendais pas compte qu'un molosse de quatre-vingts kilos ne se maîtrise pas, même au bout d'une chaîne.

Tu as beau être un bandit, voleur de voiture notoire, corpulent, tu te montres sous son meilleur jour, te comportes de ton mieux : tu demandes avec une politesse enfantine si tu peux prendre un verre d'eau, aller à la salle de bains, te servir de biscuits. Comme tu me l'avais appris autrefois. Tu es comme le fils que tu aurais dû avoir : courageux, loyal, solide, indifférent aux détonations du fusil. Les autres ne voient en toi qu'un être grotesque à la coupe mulet, quelqu'un qui n'entre dans aucune case. Qui, en un temps record, laisse traîner des cigarettes allumées un peu partout dans la maison : sur le bord des enceintes, de la table basse, de la télévision, devant les photos de famille sur la commode, sur le plan de travail de la cuisine, le bord de la baignoire, le lavabo, la machine à laver. Qui s'avachit sur le canapé, épuisé, après avoir roulé toute la

8. Pitrerie (en anglais dans le texte).

nuit et sans avoir dormi la veille, ni l'avant-veille, ni encore la nuit d'avant.

Et quand enfin ton frère puîné revient de la montagne dans la soirée – le téléphone portable ne faisait pas encore partie du quotidien en mille neuf cent quatre-vingt-onze –, il reste sur la défensive, même si la conversation se déroule dans un calme apparent, sans agressivité : il garde sous sa veste un holster dont il ne se sépare jamais, ni dans le canapé, ni à table, ni au lit. La dernière nuit que tu passeras dans ta maison d'enfance.

Au matin, à contrecœur, ton frère te remet la clé de la cabane dans les pâturages, sur la rive du lac, à la seule condition que ton plus jeune frère, le seul capable de te tenir tête et de te supporter, t'accompagne comme tuteur.

Ce que le petit dernier accepte, lui aussi à contrecœur. Cela sera *véritablement* la plus grande déclaration d'amour que quelqu'un puisse te faire : prendre quelques jours de congé et faire son sac pour emprunter ensemble le sentier qui serpente dans la montagne à travers bois, mettre le bateau à l'eau et te hisser à bord avec le sac. Tout ça pour qu'une fois là-haut, après t'avoir porté à terre et avoir chauffé la vieille cabane, ton chauffeur s'effondre, épuisé par le manque de sommeil et à court de médicaments. Si bien que ton petit frère va chercher de l'aide au pas de course de l'autre côté de la montagne, en parka imperméable, lampe torche à la main. Il doit veiller à ce que ton chauffeur soit suffisamment rétabli pour être en état de rentrer en voiture.

Et pourtant, *pourtant*, même à ce moment-là, tu appelleras, écriras, supplieras d'avoir le droit de rentrer à la maison. Avec désormais l'idée de t'y *installer*. Sinon dans la ferme, du moins dans la ville voisine. Avec l'espoir de pouvoir te rendre utile quelque part. Sans obtenir de réponse. Sans comprendre pourquoi tu n'obtiens pas de réponse. *That is the sea* [9].

Mais je veux croire que c'est *là-haut* que tu veux aller, *ici* que tu veux rester.

Au sommet.

Jouer de la batterie comme en mille neuf cent soixante-treize, quand tout était prêt pour que tu emménages ici, en mille neuf cent quatre-vingt-trois, avant que tu prennes conscience que tout était en train de se déliter, de dégringoler de plus en plus vite.

C'est à ce moment-là qu'a commencé la descente aux enfers. Un point de non-retour. Quand on redescend de là, tu donnes l'impression d'être ligoté à un lourd rocher qui t'entraîne dans sa chute. Toi et moi, on ne reviendra jamais ici.

Un avenir qu'heureusement je ne peux apercevoir de là où je suis, car il est loin, très loin en bas, derrière les montagnes, ce n'est pas une vision spectaculaire, une révélation derrière les nuages qui s'amoncellent, mais quelque chose que plus tard j'accepterai, à l'occasion d'un éternel retour qui nous réunirait ici tous les deux.

---

9. Référence au texte de Mike Scott des Waterboys en exergue du roman.

Je demande peut-être simplement si on peut voir l'Amérique d'ici.

Non.

Bon.

Maintenant c'est moi qui ouvre la marche, je ne supporte plus le vent, la lumière brûlante.

Tu me demandes de revenir, de rester un peu avec toi, de faire ça pour toi.

Je me place devant toi, à l'abri du vent, à l'abri de la lumière, tes mains sur mes épaules, m'ébouriffant les cheveux, mais cela ne dure pas longtemps.

De nouveau la solitude se referme sur toi.

Dos aux nuages, les yeux rivés sur le nord-est.

Vers les lacs.

Les terres que tu tenais pour acquises.

Comme une promesse qu'on honore.

Ça bourdonne dans ton crâne.

L'espoir fragile.

Ça bourdonne dans ton crâne.

Le tee-shirt taché et trempé à la main.

Un bâton de marche brisé, qui se balance, inerte, au poignet.

Deux cartouches dans la poche arrière.

Avant que tu me suives, les yeux rivés au sol.

On descend les mains aussi vides qu'à l'aller, on n'a rien de plus que ce qu'on avait au départ.
Aucune transformation.
Aucune Table de Loi.
Aucune nouvelle alliance.
Aucun commandement.

Peut-être nous attendaient-ils plus haut, au cas où on aurait atteint le sommet, si on ne s'était pas arrêtés à l'avant-dernier pic.

Toujours chair et os, chair, os et sang.

Rien qu'une chanson triste.

Bien qu'on ait l'impression à présent de fouler un sol sacré.

Peut-être suis-je le seul à être tout à coup joyeux, à ressentir une sorte d'ivresse de la possession, maintenant que l'idée a germé dans mon esprit et que j'ai payé de ma personne : on m'a donné le goût d'un autre statut et je peux saisir le cadeau que j'ai sous les yeux, *nos* montagnes et forêts, la lisière qui attend là, en bas, sous un soleil d'après-midi plus tendre. Je gambade sur les pentes que j'ai eu tant de mal à gravir. Et s'il y a une chose dont je *parlerai*, c'est de cette abeille qui bourdonne à mon oreille et dont je me vanterai dans la cour de l'école, auprès de ceux que j'aime. L'espace d'un instant, tu parais étonnamment réconcilié avec tout ça, résigné à être déshérité, du moment que tu as encore accès à ce royaume – sans pouvoir t'imaginer que tu vas, que tu pourrais perdre aussi ce droit. Mais, pour l'heure, tu as encore ta place ici, évidente, personne ne songe encore à la contester. Comme si, malgré le désespoir et la solitude, une voix te soufflait des garanties et des promesses au creux de l'oreille.

Tu me rejoins, poses ta main sur mon épaule, tout sauf amer, dis-tu. Actuellement, le domaine est entre de bonnes mains. Cela reste dans la famille, mais, qui sait, peut-être qu'un jour ce sera tout de même à moi, on verra bien. Une façon de dire que tu as d'autres choses à faire, reprendre la mer, par exemple, et que tu n'aurais jamais trouvé le temps de t'occuper de la ferme. Comme si tu étais devenu plus urbain, tout compte fait, et que tu avais d'autres rêves.

Peut-être pour briser la glace, aborder le sujet avec légèreté, me dissuader d'en parler davantage.

Tu sembles enjoué et insouciant tandis qu'on redescend en direction de l'étang, comme une poche d'air chaud à l'abri du vent, où tu as laissé nos armes.

Allégé du fardeau, de la mission, comme si tu obéissais à un commandement divin de laisser *le lieu* s'insinuer en moi, m'obséder aussi.

Comme si tu me donnais en offrande à ce lieu.

Je me libère un moment pour essayer de porter ce fardeau.

Je le sens m'alourdir et me remplir de fierté.

Tout en prenant conscience de mon insignifiance.

Plus tard, je comprendrai que *le lieu* ne fait que jouer avec nous, qu'il n'a nul besoin de nous et qu'il a déjà survécu à bien des générations. Car nous ne naissons pas comme des modèles originaux, mais entre *parenthèses*. Avant, après, parenthèse sur parenthèse sur parenthèse. Même si je reviendrai ici, que je laisserai cet endroit m'habiter de nouveau et boirai à sa source jusqu'à plus soif.

À présent, je me sens grandi et ivre, comme quelqu'un qui comprend enfin la magie.

Je dévale au pas de course le dernier tronçon jusqu'à l'étang.

Là tu me demandes si je veux me baigner, je réponds qu'on n'a ni maillot ni serviette de bain, ce qui t'amuse beaucoup. On n'a qu'à s'essuyer avec nos tee-shirts et les faire sécher au vent, sur la roche chaude ou la très grosse pierre qui se dresse au bord, qui, telle une pyramide érodée, une flamboyante tête de lion, semble vouloir capter les derniers rayons du soleil, entourée d'une nuée d'insectes comme si la lumière coulait comme du miel.

Quand on ôte nos vêtements, c'est la première fois que je me sens gêné de me retrouver nu avec toi, je demande si je peux me baigner en slip, tu dis que je fais comme je veux, mais qu'il va être mouillé et froid ensuite, qu'il vaut mieux marcher en slip pour ne pas irriter les couilles et l'entrejambe.

Tu t'accroupis, pieds nus ; je ne te vois presque jamais pieds nus, tu portes toujours des chaussures, même s'il s'agit parfois de chaussures d'intérieur, sinon tu as des chaussettes ou des pantoufles aux pieds. Et tu es toujours en pantalon, même si tu viens avec nous, si tu te laisses convaincre de te balader sur la plage à côté de chez ta petite amie. Là-bas, tu ne te baignes jamais, tu restes tout au plus torse nu, te réfugiant dans la conversation comme si les pieds, les jambes étaient déjà chosifiés, réduits à une fonction. Tu préfères ne pas y penser ou les considérer comme allant de soi : tu laves mes chaussettes, en ôtes la boue et les mets à sécher sur la montagne, tu secoues la terre de mes chaussures en tapant les semelles l'une contre l'autre.

Je te surprends à examiner la petite basket en souriant, la mesurer avec ta main.

Je demande ce qu'il y a.

Tu te contentes de dire : *rien*.

Tu défais ta ceinture et tu me demandes d'aller dans l'eau.

Je marche à quatre pattes sur la roche, pieds en avant et bras en arrière, comme un animal à l'envers avec la tête tordue.

Je prends appui sur la roche, me redresse. J'ai de l'eau jusqu'aux genoux. Je suis étonné que le fond soit si mou, on dirait de l'encre épaisse, moelleuse, alors que je m'attendais à du sable, c'est quasiment vivant, j'ai l'impression de m'enfoncer dans un organisme sans commencement ni fin, je le sens m'aspirer les pieds, je le vois se frotter contre mes jambes en tremblotant, comme de la fumée ou des tentacules.

Je te demande de venir, d'entrer toi aussi dans l'eau.

Dans l'encre et l'eau.

De ne pas me laisser tout seul.

Je croise les bras et les jambes, je coince mes mains sous les aisselles.

Chaque duvet, chaque poil hérissé, dressé, marqué chacun de sa gouttelette, taches régulières, îlots de peau.

Je t'entends entrer dans l'eau derrière moi, je ne me retourne pas.

Tu poses la main sur mon épaule, et on avance à tâtons dans l'étang boueux, moi d'abord, m'enfonçant de plus en plus loin dans l'encre, toi deux pas derrière.

Je sens les pierres dans la masse sombre sous la plante de mes pieds. J'arrive à une sorte d'escalier, chaque marche instable, de travers, recouverte d'une barbe d'algues douces, jaune et verte, avant l'eau plus profonde, plus claire, la fosse au bout du bassin. Je suis sur le point de me glisser dans l'eau lorsqu'un taon commence à nous tourner autour, il est si grand que j'entends ses ailes battre, un bourdonnement acharné, un vrombissement dans le silence.

Je le vois suivre son ombre à la surface de l'eau.

Venir plus près, décrire un nouveau cercle, s'approcher de nouveau, essayer tout d'abord de se poser sur ma nuque, je pousse un cri et je le chasse d'une tape.

J'avance encore d'un pas et le taon est de retour, décrivant des cercles de plus en plus serrés.

Je trébuche, manque de tomber dans l'encre. Tu me dis de rester calme, de le laisser se poser sur moi.

J'obéis à contrecœur et je reste immobile, réprimant l'envie de le chasser, je vois que tu as raison, je sens l'insecte gras et dur se poser, crocheter ses pattes dans la peau entre les omoplates.

Je gémis.

Je te demande de frapper.

Je grogne que tu n'as qu'à frapper, maintenant.

Pour une raison qui m'échappe, tu attends.

Je t'entends rire derrière moi, je regarde avec un sourire mon reflet dans l'eau, les joues bleuies par les myrtilles, des traînées de jus séché à la commissure des lèvres, les épaules remontées, le petit ventre rebondi, saillant au-dessus du sexe chétif, et je me mets à rire, moi aussi. Un bref instant de bonheur avant la panique. Je suis bien trop doué pour rire de moi-même. Même quand ça fait mal.

Tu attends.

Attends.

Sans que je comprenne pourquoi.

Je sens l'insecte ramper.

S'accrocher fermement avec ses pattes griffues.

Et c'est seulement au moment où le taon mord, alors que je me mets à crier et à me débattre tout en sentant l'insecte me sucer le sang, que ta main s'abat dans mon dos.

Tu ris d'un air satisfait. Un rire rauque, rocailleux, affreux.

Comme si tu n'étais plus toi-même mais celui que tu peux devenir quand tu es défoncé ou en colère.

Ce sera la seule chose qui te rendra parfois détestable à mes yeux durant les années qui viennent. Comme une trahison. Même si toi, comme un enfant, tu n'as aucun mal à dire excuse-moi, *excuse-moi*, excuse-moi. La tentation est ton seul alibi.

Un trait de caractère qui se révèle à travers des détails. Profane.

Je ne sais pas si c'est l'une des choses que tu aurais préféré ne pas avoir faites ; tu pleures, tu gémis, comme tu le feras à ta dernière heure, soit dans dix ans et quatre mois, quand tu en viendras aussi à te trahir, t'enflammer, te réveiller en ayant perdu toute notion d'espace et de temps, dans la confusion du terrestre et de l'au-delà, quand tu trouveras la force de sourire en répétant les yeux mi-clos à celle qui se tient devant toi *ma chérie… ma chérie*, comme si c'était un de tes tout derniers mots après avoir passé ton dernier jour à râler et gémir. Voilà qui révèle ton caractère. Le ventre empli de poix, tu saignes de la lumière.

Tu ne résistes jamais à la tentation, sans doute parce que le souvenir de la transgression en vaut la peine, c'est une forme de tatouage, la partie d'un rituel, une forme d'insémination traumatique. Un homme parmi d'autres qui tient à laisser une trace derrière lui dans ce monde.

Peut-être as-tu raison, que sans piqûre ni douleur – la petite cicatrice en forme d'étoile sur la colonne vertébrale –, cet incident serait sorti de ma mémoire comme quelque chose de fugace et d'irréel, ça ne serait pas resté gravé, il n'y aurait que le souvenir ordinaire d'une baignade avec toi, noyé parmi les autres images de cette journée.

Peut-être par excès de sollicitude as-tu considéré que cette petite créature méritait une belle mort et tu lui as ôté la vie au moment où elle y prenait le plus de plaisir.

C'était peut-être aussi par méchanceté. Quelque chose en toi demeure tapi dans l'ombre. Prêt à piquer, jubilant à cette idée, avant de disparaître en ricanant. Une tendance à la domination ou quelque chose qui te domine, qui s'est enraciné trop profondément en toi pour que tu puisses t'en débarrasser. Ce contre quoi tu te bats chaque jour.

Qui se tient prêt à gâcher toute la journée, tout le voyage, pour une mauvaise plaisanterie, une vilaine farce.

Sans avoir le sens de la magie, du sacré dont à l'évidence tu es si assoiffé.

À moins que la magie et le sacré ne résident précisément là : la morsure du taon, avide de nourriture et d'ivresse, qui marque la transgression, le goût du sang.

Ta vision personnelle du sacré.

De la part obscure de ton cerveau.

Une bouffonnerie qui relève du divin.

Avant de reprendre ton sérieux, avec ta voix habituelle, tu t'excuses encore, tu me tends l'insecte et, d'un mouvement du pouce, tu le fais glisser au creux de ma main : les yeux exorbités, le crâne ouvert, les entrailles rose brillant du taon se répandent sur un lit de sang entre les lignes de la main.

Tu dis que les mandibules sont restées dans la chair.

Tu te mets à enfoncer tes ongles dans ma peau, prends le relais avec *la main gauche*, celle avec l'ongle du majeur émoussé, recourbé en forme de griffe, tandis que je me débats en gémissant.

Tu me montres le dard, la moitié du dard, ou bien l'une des mandibules, tu dis que le reste est incrusté, qu'il faudra le retirer plus tard avec une pince à épiler. Qu'il vaut mieux que j'entre dans l'eau pour laver la plaie.

Je glisse dans l'eau, dans le trou d'eau, je disparais sous la surface.

Mêlant le sang, l'encre et l'eau.

Je t'entends, un miracle, quelque chose dont je croyais que cela n'arriverait jamais, ce genre de chose ne se produit qu'une seule fois dans la vie, crever la surface, briser le miroir, te suivre.

Mon seul, ultime souvenir de baignade avec toi.

Rien d'autre ne me revient : ni piscine, ni rivière, ni mer. Tu n'étais là qu'en tant qu'accompagnateur, spectateur. À l'écart. *Ensemble*, c'est la première fois et la seule. Spectateurs l'un de l'autre. Deux moyeux ou deux mollusques qui ne se rencontrent jamais ni ne fusionnent. Toi debout là-haut, sur le quai, sur la plage, plein d'admiration, d'approbation, prêt à intervenir si nécessaire, mais réticent à te baigner, ne voyant pas l'intérêt de mouiller tes tendons d'Achille, de descendre, d'entrer dans l'eau. D'habitude, tu préfères attendre avec la serviette et siffler le signal du départ. Moi, au bord du bassin du centre de convalescence, cinq ans et demi plus tard, je n'enlève pas ma doudoune, je pense surtout à ne pas mouiller mes chaussettes de tennis et à caresser l'espoir d'une conversation sérieuse qui n'aura pas lieu, avant le dernier bus et le dernier ferry pour rentrer chez moi, après t'avoir vu partir, campé sur tes prothèses, pour la toute dernière fois.

Comme si c'était plus facile pour toi, en mille neuf cent soixante-quinze, étant le marin le plus intrépide de l'équipage, de plonger dans les eaux troubles du bassin du port, de te laisser couler dans les flots noirs au milieu des crocodiles et des requins, de faire remonter un corps inconnu à la lumière et de lui faire du bouche-à-bouche… Comme si c'était plus facile à l'époque que d'entrer dans l'eau avec moi cet été-là.

Comme si c'est un privilège qui t'avait été volé et que tu refusais de lutter avec mon beau-père. Lui qui, à ta place, m'emmènerait à la piscine, m'apprendrait à nager, chaque semaine, à heure fixe. Qui m'achèterait mon premier masque de plongée et mon tuba, construirait des châteaux et des bateaux de sable avec moi, me ferait vivre tant d'excursions et d'expériences que je ne parviens plus à les démêler les unes des autres. Quelque chose de quotidien, la vie en continu, contre *ça*, ce moment unique qu'on aurait pu partager, toi et moi.

Ce n'est qu'à cet endroit précis, quand toutes les conditions sont enfin réunies, que tu essaies de m'apprendre à nager le crawl, le papillon, à faire la planche, tu dis que c'est plus difficile parce que l'eau douce porte moins que l'eau de mer. Tu me montres comment recracher l'eau en longs jets entre les dents de devant et la laisser ruisseler sur son visage.

Allongé, tu te laisses couler jusqu'au fond, agites les mains, les pouces enfoncés dans les oreilles en signe de plaisanterie.

Tu me tires par les talons.

Je hurle en laissant échapper des bulles blanches.

Je te demande de me tenir fermement les mains, je pose mes pieds sur tes genoux, prends appui dessus, grimpe sur tes jambes et je fais des saltos arrière, encore et encore, jusqu'à ce que tu n'en puisses plus, les cuisses endolories par mes talons chaque fois que je prends de l'élan.

Tu trébuches, titubes dans la vase, l'encre, tu casses deux pailles épaisses, tu les effeuilles, les lisses et souffles dans l'une pour chasser les insectes cachés à l'intérieur, et tu me montres comment respirer sous l'eau.

On respire ensemble sous l'eau.

On se regarde sous l'eau, comme des cons, déformés à travers l'énorme lentille, on fait des grimaces, on lève le pouce.

Ensuite, seuls les sons de nos corps.

Quelque chose qui racle, les battements de cœur et la respiration.

Quelque chose de métallique, comme une clochette au tintement aigu, des cordes dans l'eau, des pierres qui émettent un bruit sourd en se heurtant à d'autres pierres.

Le silence de l'encre autour de nous, comme faite des cendres du rêve, n'est troublé que par l'eau qui s'insinue en grésillant dans les conduits auditifs.

Et on remonte à la surface.

On roule sur nous-mêmes, on fait la planche en ne gardant que le nez et la bouche au-dessus de l'eau.

Je lève le menton, crache, je demande si on pourrait survivre à une guerre et à une bombe atomique en se réfugiant dans la montagne. En se dissimulant dans l'eau.

Tu réponds avec sérieux, des gouttelettes dans la barbe, qu'on risquerait de bouillir vivants et que toute l'eau s'évaporerait instantanément. On serait réduits à l'état de taches, d'ombres sur la roche.

En moins d'une seconde.

Ici, dans cette partie du pays, il vaudrait mieux rester chez soi, descendre dans la cave, s'enfermer dans l'étable. L'explosion venant probablement du sud, les montagnes de l'autre côté du fjord subiraient une trop forte pression des rayons gamma, et la ferme serait probablement l'un des meilleurs refuges. Avec suffisamment de ressources pour se débrouiller tout seuls ensuite, alors que la civilisation serait anéantie.

Je te demande alors pourquoi tu me regardes comme ça. Tu réponds d'abord *pour rien*, tu fermes les yeux, tu secoues la tête, tu chasses cette pensée de ton cerveau.

Tu dis que je ne dois pas m'inquiéter avec ce genre de choses, que je suis un enfant et que j'ai la vie devant moi.

Tu te lèves.

Je jette un coup d'œil sur ton corps nu au moment où tu sors de l'eau, avances en pataugeant, te passes les doigts dans les cheveux, craches.

Moi, je reste dans l'eau, allongé sur le ventre, je me tourne à la force des bras, m'agrippe aux pierres, pétris la boue douce et noire, explore le fond jusqu'à frissonner.

Je demande si je peux pisser.

Tu dis que je peux faire ce que je veux.

Que l'eau est à moi, je n'ai qu'à décider.

Je pisse. Inspire et me soulage par nuages saccadés, comme le sucre se dissout dans l'eau.

Je te suis hors de l'étang en rampant, à quatre pattes, comme un amphibien, et je m'étends à côté de toi sur le ventre, les hanches sur la roche, sur la montagne chaude.

Tu as déjà remis ton caleçon, ta tête repose sur ton avant-bras, tu me fais un clin d'œil, tu tends la main pour me caresser la nuque.

Tu me dis que tu m'aimes bien.

Que tu es fier de m'avoir vu triompher de cette épreuve. Qu'il faut que je m'en souvienne.

Tu t'assieds, t'essuies avec ton maillot de corps avant de le mettre à sécher.

Mon tee-shirt au logo floqué n'absorbe pas l'eau, ne sèche pas mon corps, alors tu me demandes de l'essorer. C'est efficace, je m'essuie les cheveux, le torse et les jambes, puis je l'étends sur la pierre et m'empresse de redescendre vers la chaleur.

Les ombres se sont allongées, l'air s'est alourdi d'insectes, le soleil est plus gras, plus doré là où il était blanc et brûlant, je somnole, vais et viens dans le sommeil. Je sens la lumière ramper sur mon dos, filer le long de mes jambes.

Je m'éveille et ouvre grand les yeux en t'entendant tirer à la carabine.

Le premier coup en l'air, juste pour fêter notre réussite, notre arrivée au sommet, enfin, presque au sommet.

Puis tu fabriques une cible en envoyant la décharge suivante dans la grosse pierre, créant un visage sur la roche en forme de crâne de lion au-dessus de l'eau, qui s'illumine quand l'ombre engloutit lentement le reste de l'étang. Tu sors de ta poche une pièce de cinq couronnes, tu fais le tour de l'étang, tu l'enfonces entre les fissures, dans les rides de la pierre, tel un œil sur la marque élargie et farineuse laissée par les plombs.

Tu dis que c'est à mon tour de tirer à la carabine sur la cible. Je dois viser la pièce de cinq couronnes.

Je fais mouche du premier coup.

Je fais tomber la pièce, je fais tomber l'œil.

Tu sursautes, tu suis la trajectoire du canon à la cible, en passant par-dessus l'étang.

Visiblement surpris.

Comme si tu n'avais pas remarqué mes progrès au cours de l'été où j'ai eu la permission de me familiariser avec cette arme. J'ai suivi tes conseils et ceux de tes frères sur la façon de tenir la carabine, de respirer, de travailler son lâcher.

De presser la détente…

Un de mes plus anciens souvenirs avec toi – à l'époque où tu honorais encore tes rendez-vous et n'annulais pas à la dernière minute –, c'est la fête foraine qui se tient au parc des expositions surplombant le centre-ville, là où la commune fête son propre anniversaire, érigeant chaque printemps un miroir de sa splendeur. Pas loin du stade et du quartier où on t'attribuera un logement social, cinq ans plus tard. La fête avait lieu dans un auditorium en plein air, où je fais souvent de la luge et du *sit ski* avec mon beau-père en hiver. Ce jour-là fut l'occasion de voir à la télé l'animateur Geir Børresen danser et chanter avec les Schtroumpfs, de me promener entre les stands, dans l'air saturé de barbe à papa et de pop-corn fraîchement éclaté, de conduire des autos tamponneuses, d'entrer dans la maison hantée où tu me chatouilles et me fais plus peur que n'importe quel fantôme. Puis on arrive aux baraques de tir, à côté des machines à sous où l'on peut glisser une pièce dans un océan d'autres pièces pour gagner un lot, décrocher le plus gros nounours, assister à un spectacle de puces ou de souris, lancer une balle ou des sacs de petits pois sur des pyramides de boîtes de conserve dans lesquelles on peut voir une métaphore de la puissance virile en fonction du sérieux du joueur, de ses réactions face à la réussite ou à l'échec.

Aux baraques de tir, tu n'acceptes ni mon échec ni le tien. Tu dis que le canon est faussé, la carabine calée sur le bord du comptoir, tu vises, tu prétends que le canon décrit un léger arc, tu exiges d'être remboursé. Comme le forain refuse, tu poses le canon sur ton genou pour le tordre encore plus, comme pour terminer le travail, par provocation. Je te demande de laisser tomber, ce que tu acceptes, pour moi, mais le forain nous aboie dessus, menaçant d'appeler la police et de porter plainte.

Tu t'arrêtes, attends, rien ne se passe, personne n'ose intervenir.

Quelques baraques plus haut, ils ont des mitraillettes : le but, la cible, est une étoile rouge qui clignote sur un carré en carton fixé dans un cadre en acier.

Le défi consiste à deviner le nombre de tirs par mitraillette – il peut y avoir deux cents coups comme il peut y en avoir cinquante, c'est aléatoire. Ici, les armes sont alimentées par des tubes qui les approvisionnent en gaz et fournissent la pression nécessaire. Le but est de décrocher l'étoile rouge.

À la troisième tentative (au premier essai, à la première salve), en raison du recul auquel je ne m'attendais pas, l'arme se vide en jetant des étincelles sur le stand. Autour de nous, les badauds effrayés plongent pour se mettre à l'abri. Tu me retires l'arme des mains, tu la poses sur le comptoir, tu t'excuses, tu te montres sous ton meilleur jour quand le forain responsable du stand, après s'être couché à terre, pardessus un sac bourré de pièces de monnaie qui se sont en partie répandues sur le plancher poussiéreux, se relève péniblement en poussant des jurons. Au deuxième essai, je ne fais qu'un trou dans le ventre de l'étoile, parce que je crois que le but est d'atteindre le centre, comme Robin des Bois. Tu m'expliques qu'il faut laisser les rafales faire le tour de l'étoile, alors je rectifie le tir et j'y parviens presque, à cinq ans: je laisse l'étoile rouge pendante. À une balle près, je décrochais le gros lot.

Tu n'en reviens pas.

Tu demandes le nombre de plombs qui ont réellement été mis dans le chargeur.

On te montre un paquet, un verre doseur, on t'invite à les compter. Tu déclines la proposition.

Au lieu de cela, tu claques des pièces de monnaie sur le comptoir, réclames deux ou trois tours, poses la cigarette encore fumante sur le rebord, prends appui sur le comptoir, les yeux mi-clos. Tu respires un bon coup, te ressaisis et, après une deuxième ou une troisième rafale, tu te redresses et tu t'en prends au propriétaire du stand: après avoir récupéré ta cigarette roulée, tu prétends que le carton est trop lâche, qu'il flotte alors qu'il devrait être bien tendu, que tu n'as pas plus de chances d'y arriver qu'un enfant de cinq ans.

Tu examines le canon, tu le palpes, mais il est trop court pour pouvoir l'ouvrir, impossible de le poser sur le genou, alors tu t'énerves sur l'arme, tu lui donnes un coup si bien que le tuyau d'alimentation s'ouvre, juste assez pour que cela ait l'air d'être accidentel, avant de reposer violemment l'arme sur le comptoir tout comme les pièces de monnaie. Tu dis que c'est de la triche, *de l'arnaque*. Tu t'en vas sans que quelqu'un téléphone à la police, personne ne vient, et tu dis avec un sourire en coin que c'est parce qu'ils trichent et qu'ils le savent pertinemment, que c'est pour ça qu'ils n'osent pas.

Tu refuses ensuite d'acheter des billets de loterie. Tu affirmes que c'est truqué, que tu les as percés à jour depuis longtemps, que tu ne veux pas perdre ton temps et ton argent.

Pareil pour les machines à sous, la roue de la fortune.

Ne plus perdre de temps, ne plus gaspiller d'argent.

Tout le contraire de mon beau-père qui, lui, m'accompagnera aussi à cette foire annuelle, la fête foraine, *sucre d'orge* et *barbe à papa*, printemps après printemps, avec un défaut de caractère inversement proportionnel au tien, refusant au quotidien de faire confiance à la chance, à l'impulsivité : seuls comptent le travail acharné, la privation et l'art de prévoir en gardant la tête froide, un budget destiné à profiter de la fête foraine, à gaspiller de l'argent en billets de tombola, à se mesurer aux machines, l'épaule appuyée contre la roue de la fortune, qu'on gagne ou perde. Arnaque ou pas. Il montait sur les manèges et faisait les montagnes russes avec un enthousiasme enfantin – tant pis si ça dépassait le *budget* –, il se précipitait sur ces attractions, celles que tu détestes et qui procurent des sensations fortes. Toi, tu choisis les attractions moyennes, celles que je n'aime pas parce que tu me couves avec nervosité, tu t'inquiètes trop pour moi, posant toutes sortes de questions techniques – quel poids peuvent supporter les voitures en forme de fusée, à quelle vitesse et quelle hauteur elles vont –, avant qu'on prenne place et que tu refermes tes bras autour de moi, car tu ne fais pas confiance aux dispositifs de sécurité, à la barre d'acier que tu serres dans ton poing jusqu'à faire blanchir tes articulations. C'est ta façon de me montrer que tu tiens à moi, jusqu'à ce que je n'en puisse plus. Pour ne pas perdre la face, je dis que ce n'est pas si haut, que ça ne tourne pas si vite et que ce sera bientôt fini, avant que tu ne cries au personnel d'arrêter le manège.

Mon beau-père, lui, ne voit pas l'intérêt de dépenser de l'argent aux stands de tir.

Le blé versus la forêt.

Deux personnages déterminants, à part ma mère qui a été présente dès les premiers jours de ma vie. Aujourd'hui, il m'est presque impossible de savoir lequel des deux était là en premier, et avec lequel j'ai passé le plus de temps. Deux options, deux voies menant dans des directions opposées, entre lesquelles je fais le grand écart, quelque chose comme :

The reasonable man adapts himself to the world ; the unreasonable man persists in trying to adapt the world to himself. Therefore all progress depends on the unreasonable man[10].

Comme un mal de tête térébrant, en lutte pour un territoire dans les plis rose tendre du cerveau. Comme le lièvre se mesurant à la tortue, tu ne bénéficies somme toute que d'un maigre avantage biologique face à un océan d'absences.

10. « L'homme raisonnable s'adapte au monde ; l'homme déraisonnable persiste à essayer de l'adapter à lui. Tout progrès dépend donc de l'homme déraisonnable », George Bernard Shaw, *L'Homme et le Surhomme*, 1905.

Puis, pris de regrets devant le stand, tu finis par me dire que je peux acheter ce que je veux.

Et tu froisses le billet de tombola dans tes mains.

Te voilà disposé à acheter un autre sachet de pop-corn, et encore une barbe à papa, même si cela semble être une humiliation de les partager avec moi, même si les fibres roses collent à ton costume neuf à rayures blanches. Peut-être l'as-tu endossé pour impressionner ma mère, lui arracher un soupir, mais c'est mon beau-père qui est sorti sur le perron, t'a jaugé pour vérifier que tu étais sobre et m'a regardé grimper dans le taxi. Je retrouve l'odeur bizarre, dont le souvenir s'était estompé, quelque chose entre la vanille et le chewing-gum, un parfum qui flotte parfois entre les tracteurs et les voitures sur le domaine. Puis tu as grimpé dans le taxi à ton tour. Je ne sais plus à quand remontait la dernière fois que je t'avais vu – des mois, des années –, je savais seulement que j'attendais quelqu'un qui me manquait terriblement. Avec ton nez en pied de marmite, tu ressembles un peu à Jon Voight. Les gens te demandent si tu es acteur, si tu vas monter sur scène plus tard dans la soirée, si tu es chanteur, un *artiste*. Devant l'un des grands gorilles, la rangée d'animaux en peluche qui constituent les lots gagnants, tandis que tu cherches d'autres pièces de monnaie dans ta poche – *dling-dling* – tout en écartant du pied paillettes et confettis, j'entends une voix vacillante t'appeler *beau gosse*. Aujourd'hui, on t'aurait peut-être demandé si tu étais une *célébrité* ; tu te démarques par ta façon de t'habiller, par ta façon de marcher, les jambes écartées, la démarche assurée sur le gravier et le sable.

Après avoir étudié les vaines tentatives d'autres badauds qui ont gaspillé une pièce de monnaie pour éprouver leur force, tu me laisses essayer en premier en me soulevant à bout de bras. Le sac est plus dur et lourd que je ne l'imaginais, la machine enregistre à peine le coup avant de se verrouiller. Ma chance est passée. Tu te positionnes devant la seule machine qui t'intéresse : un *punching-ball* semblable à une citrouille, dans l'interstice entre deux stands.

Tu jettes ta cigarette dans le gravier, piétines le mégot rougeoyant et introduis une pièce dans la machine. Tu me demandes de rester à l'écart, tu te balances nerveusement d'un pied sur l'autre, tu attends le signal, le son de la cloche électronique, prends ton élan et frappes en reniflant bruyamment au moment où ton poing se serre. Le sac en cuir se décroche, quelque chose se casse, le sac pend de travers, détaché de la charnière, sous les applaudissements nourris des badauds qui ont assisté à la scène. Un autre forain à l'esprit mercantile s'empresse de faire remarquer que tu aurais dû te tenir sur la plaque en aluminium, guère plus grande qu'un mouchoir, comme tous les autres challengers.

Tu dis que c'est de l'arnaque, que la plaque est trop proche du punching-ball pour prendre de l'élan et donner assez de force dans sa frappe.

L'homme en question dit que tu as endommagé la machine. Là-dessus, tu te retournes, salues les spectateurs de la main, provoques éclats de rire et applaudissements, rajustes le col de ta chemise et invites l'importun à prévenir la police.

Qu'ils osent seulement.

Tu te pavanes, tu me prends par la main avec l'air de celui à qui on ne la fait pas. Qui est habitué à être au centre de l'attention, à être sa propre attraction, à être le Samson bien peigné de tous les carnavals.

Tu t'arrêtes pour frotter les traces de sucre sur mon visage, rajuster ma cravate, tu me demandes de cracher dans mon mouchoir pour astiquer inutilement mes chaussures bien cirées et en ôter la poussière grisâtre.

Tu sors un peigne pour m'arranger les cheveux, tu trouves qu'ils m'ont mal fagoté à la maison, j'aurais dû être apprêté pour le grand jour. Du bout des doigts, tu tournes ma tête à gauche, puis à droite, vers le bas, vers le haut, tu me demandes de ne pas gigoter, de rester tranquille, tu soupires, mon style te chiffonne, tu y vois une forme de négligence, tu m'examines, tu ne sais pas par où commencer, puis tu me passes le peigne dans les cheveux avant de peaufiner ma coiffure à la main pour me façonner à ton image.

Tu dépenses une autre pièce de monnaie parce que je veux tenter de soulever le marteau, l'entendre frapper le gong. Alors qu'on fait la queue, un homme t'informe sans ménagement que *tu* ne pourras pas essayer. Moi qui suis incapable de faire décoller la masse du sol et encore moins de la soulever, je suis le seul à pouvoir tenter ma chance.

Tu utilises ta cigarette roulée pour crever le ballon à l'hélium d'un gamin à côté de moi qui ne cesse de te donner des tapes sur le visage, malgré tes remarques répétées à l'enfant et à sa mère. Aucun d'eux ne veut écouter. Comme je n'arrive pas à décider quel ballon je veux avoir, tu m'en achètes trois. Tu me demandes d'en donner un en compensation au garçon dont tu as crevé le ballon.

Je finis par me brûler avec cette même cigarette, la roulée, deux stands plus bas, alors qu'on fait tourner la vitrine pour choisir le pistolet à pois. Je ne pense plus qu'à ça jusqu'à la fin de la journée, la cloque qui grossit. Puis deux copines viennent nous prendre en décapotable, elles te taquinent, très excitées, avec des sourires pleins de sous-entendus, en minijupes avec des lunettes de soleil à monture léopard, cheveux au vent flottant entre les ballons, deux figurantes que tu as attirées pour provoquer ma mère ou castrer mon beau-père, bien qu'aucun d'eux ne vienne nous accueillir à la porte. Après m'avoir déposé dans l'escalier, tu m'expliques qu'il s'écoulera pas mal de temps avant la prochaine fois, que tu dois partir en voyage, prendre la mer, que la fête continue. Puis la voiture démarre en trombe dans un nuage de poussière et disparaît en haut de l'allée, en direction de la propriété du comte, tandis que je te poursuis en vidant le chargeur du pistolet factice sur le cabriolet où tu trônes, bras étendus sur le dossier de la banquette arrière.

Un playboy qui ne se prend pas la tête, sans bague au doigt.

J'en suis parfois venu à souhaiter que tu meures pendant que tu *jouissais*. Peu importe que ça arrive avec ma mère ou avec l'une de tes conquêtes, dans un pub ou dans une chambre de bordel à l'autre bout du monde, un simple numéro dans ton carnet de chasse. *Cette mort* en aurait dit long sur ton caractère : tu mettais la même passion à te battre et à chercher querelle qu'à faire l'amour.

Je te vois planté là, enthousiaste, jambes écartées, bras en l'air, à l'extrémité de mon champ de vision.

Électrique, un Sisyphe électrique avec un rocher soulevé au-dessus de la tête.

Tu me demandes de recharger. De recommencer.

Tu veux savoir depuis quand je tire aussi bien et je réponds que j'ai eu largement le temps de m'exercer ces dernières semaines.

Tu cours pieds nus à travers la montagne, dans l'angle de tir.

Et je suis si content de te voir heureux, de te voir courir avec ton caleçon encore mouillé pour retrouver la pièce de cinq couronnes. Tu l'essuies soigneusement, tu la glisses de nouveau dans la fente et tu me mets au défi de refaire la même chose, tu dis que *n'importe qui* peut réussir au premier essai, que c'est la deuxième fois qui compte.

Je fais mouche au deuxième coup, la pièce de cinq couronnes ne tombe pas, mais on l'entend tinter tous les deux.

C'est validé.

Je recharge, je casse le canon sur mon genou, cette fois je n'atteins pas la cible.

Je recharge encore une fois, recule, et la pièce de cinq couronnes finit par tomber.

Tu te tiens au-dessus de moi dans la montagne, cheveux au vent, tu lèves les bras en l'air en courant, tu te tiens là, moulé dans ton caleçon, tandis que tu déplaces la pièce de monnaie. Tu te retournes et me dis de ne pas te tirer dessus, on ne tire pas sur son père. C'est à ton tour, maintenant.

Tu vérifies que le canon est bien droit. Il faut mettre toutes les chances de son côté pour atteindre la cible.

Tu suces ton doigt avant de le brandir en l'air.

Je te demande pourquoi, tu réponds que c'est pour savoir d'où vient le vent, tu dis c'est un *vent du sud*.

Tu t'allonges à côté de moi, les cheveux encore mouillés, tu vises, tu rates la cible.

Tu dis qu'il n'y a pas assez de pression, tu craches sur ton pouce avant d'enfoncer le projectile en forme de diabolo, pour combler les irrégularités dans le plomb, les bords de la cavité, dans la queue du projectile.

Tu rates de nouveau.

Je n'arrive pas à savoir si tu le fais exprès.

Tu me demandes si le moment n'est pas venu de repartir, de, redescendre.

Alors je demande s'il m'autorise à tirer à la carabine, moi aussi.

Tu hésites.

Je t'implore, je te supplie.
De me laisser tirer avec ta carabine.
Comme toi.
Exactement comme ton père et toi l'aviez fait un jour.

Tu m'observes avec circonspection.

En hésitant, tu éjectes la dernière douille, tu souffles dans le canon pour le nettoyer, tu mets quand même le cran de sécurité avant de me tendre prudemment la carabine, en alerte, prêt à intervenir, prêt à amortir le choc.

Je parviens à peine à tenir l'arme à l'horizontale.

Tu ris, tu attrapes la carabine à la dernière seconde, ouvres le verrou et introduis une seule cartouche, la dernière, que tu récupères dans la poche de ton pantalon. Tu me demandes de m'allonger par terre, tu t'étends à côté de moi, tu cales la crosse contre ton épaule et tu me montres comment je dois faire corps avec l'arme, passer le bras autour et poser le doigt sur la détente.

Tu débloques prudemment le cran de sûreté, tu dis que la carabine est armée.

Que c'est à moi d'appuyer, mais que tu tiens.

Je reste allongé, le doigt sur la détente. J'essaie de faire partir le coup tandis que l'ombre bleu-gris rampe inexorablement sur la crinière de la tête de lion, vers le visage, le dernier point lumineux devant nous.

Le corps tendu comme un arc.

Sans que rien se passe.

Le corps tendu comme un arc, mais aucune force dans le doigt.

C'est toi qui soutiens le canon, tu m'assures que tu le tiens fermement. Que, quand le coup partira, ton épaule amortira le choc, que ce n'est pas dangereux.

Pourtant, il ne se passe rien.

Soit parce que je crains le bruit de la détonation et le recul.

Soit parce que j'ai l'impression de viser quelque chose de vivant.

Soit parce que j'ai peur que tu n'arrives pas à amortir le choc.

On retient notre souffle, encore et encore, puis tu dévies le canon de la carabine en soupirant.

Tu dis qu'il faut que je me décide.

Je dis excuse-moi.

Tu dis que tout va bien, il n'y a pas de problème.

Que je ne suis pas obligé de le faire.

Que je ne dois jamais me sentir obligé de faire quoi que ce soit contre mon gré. Peu importe qui me le demande.

Que je ne suis pas obligé de faire ça, en tout cas.

Et que je n'ai pas à en avoir honte.

Tu pousses le cran de sûreté, abaisses la carabine, m'ébouriffes la frange.

On reprend notre souffle.

Tu me proposes de faire un nouvel essai. Dès qu'on est installés, tu poses ton doigt par-dessus le mien et tu appuies sur la détente, provoquant un bourdonnement dans mon crâne comme après une gifle.

La pièce de cinq couronnes, l'œil de la tête de lion, vole en sifflant dans l'air.

Il ne reste plus que la tête abandonnée, tristement grise, rocher quelconque noyé dans l'ombre de la montagne.

Je me relève d'un bond, m'enfonce un doigt dans l'oreille et secoue la tête comme après un plongeon, mais cela ne sert à rien, je cours vers l'endroit où la pièce de cinq couronnes a sauté, mais elle est introuvable. Tu dis qu'elle gît probablement au fond du petit étang, qu'on devrait songer à rentrer avant qu'il fasse nuit, tu enfiles tes chaussures en sautillant, tu remets ton tee-shirt.

— Allez, on y va, dis-tu en te mettant en route.

Je m'assieds pour mettre mes chaussures et regarde la prairie aux reflets d'or et d'ocre. Je suis moins inquiet à l'idée de voir ton dos disparaître dans la montagne. J'enfile mon tee-shirt mouillé et te rejoins en courant. Tu viens à ma rencontre à mi-parcours pour m'aider à franchir un passage escarpé. Tu prends appui sur une jambe et tu allonges le bras pour me tendre la main, comme la dernière fois. Ce n'est pas la peine, dis-je, et tu disparais de nouveau à travers la plaine, tu avances vers la lisière. Je m'autorise à savourer cette solitude, je caresse l'herbe haute sur mon passage, j'observe le vol des oiseaux, les nuées d'insectes scintillants, je me délecte de la chaleur de la brise.

Ne pas penser, me contenter d'exister avant de courir dans tes pas.

Alors que je suis redescendu à la lisière et que je dépasse les premiers bosquets, j'ai juste le temps de percevoir le tintement des clochettes avant de me retrouver au beau milieu d'un troupeau de moutons, qui se disperse le long des pentes avant de revenir à son point de départ.

Tu me fais signe d'approcher, la carabine calée à la saignée du coude, tu dis que je n'ai rien à craindre.

Je te réponds que je n'ai pas peur et que je me sens plus dans mon élément, bien que les moutons fassent la même taille que moi tandis qu'ils t'arrivent à la ceinture. Ils paraissent plus nerveux, tels des chiens aux crocs usés, que les vaches auxquelles je suis habitué, dont j'ai appris à connaître le comportement.

Je me fraie un chemin dans le troupeau, je croise le regard des bêtes, tends la main pour effleurer la laine, voler une caresse, puis, portant la main à mon nez, je hume le parfum de la laine grasse.

Tu grattes sous le cou une brebis qui porte une clochette, glisses un doigt sous le collier, tu la rassures, la cajoles, *ma douce, ma toute belle*, tu babilles *c'est ça qui te fait envie ?* en lui tendant une poignée de feuilles de bouleau. Tu me passes les rameaux, ce qui attire immédiatement les autres brebis qui, gourmandes, m'encerclent et pressent leurs têtes vers les feuilles tendres. Tu descends dans la bruyère, reviens avec des rameaux de myrtilles.

Tu me demandes tout à coup si je veux porter un agneau.

Je réponds pourquoi pas.

Tu poses ton fusil, plonges dans le troupeau qui se disperse d'un seul coup. Tu choisis un agneau et tu bondis, les bras tendus, tu en attrapes un autre. Tu réapparais avec l'un des plus petits agneaux qui bêle. On voit sa langue rose dans sa bouche béante, les perles vert foncé qui sortent d'un derrière tout aussi rose, alors que tu le traînes par les pattes arrière.

Tu le renverses sur le dos.

Tu passes ton index sur son ventre. Sur son cou.

Il continue de crier, je n'ai pas d'autre mot pour ce bêlement incessant.

Il crie.

Il se débat, se retourne à moitié, tente de se relever sans parvenir à trouver de prise.

— Tout doux, dis-tu dans un grognement.

Le cou cède, l'animal ferme les yeux lorsque l'arrière de la tête frappe le sol.

Ses yeux regardent dans le néant.

Tu tires le corps vers toi, toujours par les jarrets : la peau duveteuse sur le dos fait de jolis bourrelets moelleux.

Je suis pris de pitié pour l'agneau, je te trouve trop dur. Je ne quitte pas des yeux ta main tatouée, les trois points tatoués, une demi-étoile entre le pouce et l'index, j'observe la peau rouge et blanche autour de la patte frêle.

Je fais un pas en avant, m'enfonce à mon tour dans le troupeau. Je te fais remarquer que la mère a l'air furieux.

Qu'elle risque de charger.

Tu ne lèves pas la tête, plongeant tes yeux dans ceux de l'agneau.

Je répète que la mère est en colère et qu'elle s'apprête à charger.

Tu dis que tout va bien, que ce n'est qu'une brebis, qu'elle ne peut pas nous blesser.

Que toi non plus tu ne vas blesser personne.

Tu poses la main sur le ventre, sur la poitrine de l'agneau.

Tu le caresses en silence.

(Peut-être dis-tu que tu as vu une tique, que tu la cherches, la pinces entre tes doigts, l'écrases sous ta chaussure, que tu retires les mandibules de la plaie. Que tu agis par charité. Mais je ne te fais plus confiance.)

Tu rassures l'animal, refermes tes doigts sur son museau, tu le berces calmement. Tes poings se referment sur ses pattes.

Tu le déposes sur ta nuque en ricanant.

— Viens par ici.

Tu tentes de mettre l'agneau sur mes épaules, mais l'animal est trop grand, il se débat et m'échappe au moment où je sens la douceur de la laine sur mon cou.

L'agneau se débat, me donne un coup de patte dans la poitrine, tombe à terre.

Se sauve.

Se précipite vers sa mère, se réfugie dans le troupeau parmi les siens.

Il remue sa petite queue fine. Gambade près des autres.

Tu les suis des yeux avec un sourire en coin. Tu dis qu'on peut ramener un des agneaux à la maison, si je veux. Ils se trouvent sur *notre* propriété.

Soudain, tu te retournes et attrapes une brebis que tu plaques contre ton ventre. Tu me demandes de tâter le pis.

Je me baisse, pose la main sur la peau chaude, la caresse.

Tu me demandes d'attraper les mamelles pour voir si je sais traire.

Ou pas.

Je saisis la mamelle, bien qu'elle soit plus petite que chez une vache, et j'envoie un jet d'un blanc grisâtre au-dessus du sentier, dans la bruyère.

Je lève les yeux vers toi.

Tu la lâches.

Tu chasses la brebis avec une exclamation et un coup de pied dans l'arrière-train.

Tu m'ébouriffes les cheveux et tu ramasses la carabine.

Je dévale le reste du chemin, tu me laisses courir en tête. Je vois surtout le sentier, me rappelle par où on est montés, j'aperçois de doux bassins de bruyère et de tourbe, je saute des monticules, fais un roulé-boulé, me relève et continue. Je trébuche une seule fois et tu accours pour m'aider, mais je me suis déjà relevé, j'ai récupéré mon arme et je continue à courir, même si mes mains saignent et que mon pantalon est taché de sang à cause des écorchures de mes genoux et de mes cuisses.

Après avoir franchi de nouveau le chemin forestier, tu me montres les traces de tracteur en m'expliquant qu'ils viennent chercher le bois jusqu'ici, qu'ils montent de l'usine pour entretenir les pylônes à haute tension. Autrefois, ils passaient aussi par là pour emmener les vaches au pâturage. Tu voudrais me dire quand et qui a aménagé ce sentier, mais je ne prête pas attention aux détails, je trouve seulement que c'est un chemin solitaire, fascinant dans sa brutalité grise, tracé d'une main ferme à travers la verdure, mais c'est comme être dans un cimetière, on saute par-dessus le fossé, tu m'indiques le sentier, je m'élance dans la descente, avec le doux soleil orange dansant devant mes yeux. Je me retourne, et tu as disparu.

Tu t'es de nouveau volatilisé, presque exactement au même endroit que la dernière fois, tu t'es glissé sans bruit parmi les arbres, dans la forêt derrière moi.

Je me retrouve seul face au soleil couchant, avec ma carabine pathétique à la main.

Je tends l'oreille et j'attends.

Je lève les yeux vers la montagne, tente de percevoir quelque chose dans la forêt.

Aucun bruit.

Seul au monde.

Je t'appelle, je crie que ce n'est pas amusant.

Tu es là ?

Tu es là ?

Tu es là ?

J'ai encore la gorge douloureuse et la voix enrouée depuis la dernière fois que tu t'es volatilisé à cet endroit précis.

Je t'appelle jusqu'à m'en briser la voix.
Je t'appelle.
Je t'appelle et pointe mon arme vers la forêt, vers les arbres, tout n'est que forêt.

Je crie jusqu'à en perdre la voix.

À présent que l'eau a coulé sous les ponts, j'émets une hypothèse : tu prends une pincée de hasch népalais dans ta réserve secrète, bien cachée. Tu mélanges le tabac, tapi derrière les arbres. Après l'effort, après avoir couru dans la descente, tu te laisses surprendre par l'intensité des effets. Tu perds un peu la notion d'espace et de temps. Tu dois t'asseoir et attendre que les premiers effets se dissipent avant de parvenir à te ressaisir suffisamment pour paraître sobre et venir à ma rencontre.

Ou bien tu restes simplement planqué à m'examiner, à mesurer ma peur.
En y prenant plaisir.
Exactement comme avec le taon.
À attendre le point de rupture.
Pour que je t'aime plus que quiconque, pour que je me sente plus étroitement lié à toi qu'à quiconque, pour être mon seul salut. Une forme de dressage.
Tu t'enivres de ma peur ; tapi dans l'ombre, tu me vois me mettre de plus en plus à nu, nu au point d'être écorché. Tu vois jusqu'où tu peux aller avec moi, ce que je peux endurer avant d'atteindre le point de rupture, mon regard fixe où se dessine

la possibilité de ma mort, ma disparition de ce monde, avant de revenir et de me faire renaître à la vie.

Comme si c'était l'ultime épreuve. La dernière partie de cette initiation.

Pour apposer ton empreinte sur moi, l'empreinte du *lieu*.

Peut-être remontes-tu à toutes jambes le sentier qu'on vient de dévaler pour épuiser tes forces, rester plus longtemps dans le nirvana, ou peut-être y a-t-il un endroit particulier, un signe dans la nature à côté duquel tu es passé et que tu éprouves le besoin de revoir, sachant que tu ne reviendras pas ici de sitôt.

Ou simplement parce que tu n'en fais qu'à ta tête, pour le plaisir d'être toi-même une toute dernière fois.

Pendant que je me noie dans la forêt, dans ton absence.

Je me noie en toi.

Je croise les jambes pour ne pas me pisser dessus, je sens mon pantalon qui se mouille, je sens que ça coule le long de mes jambes.

Tout ce qui m'entoure me renvoie à ta toute-puissance.

Je suis à ta merci.

Je casse le canon sur mon genou, fouille dans ma poche arrière, perds le premier plomb, je charge l'un des derniers, crache sur mon pouce, couvre le trou et vise tout ce qui bouge avec ma carabine minable.

Je l'abaisse de nouveau.

Je regarde fixement le feuillage qui frémit. Une brise tiède parcourt la cime des arbres.

J'entends le bruissement de la moindre feuille.

Je me retourne au moindre mouvement.

Au moindre bruit, au moindre crissement.

Je vois mes poils se hérisser sur mes avant-bras. Blonds et scintillants, plus grossiers, comme des épis là où je n'avais avant que du duvet.

Le doigt sur la détente, avec le peu de force qu'il me reste.

Je crie jusqu'à être à bout de forces.

Je crie jusqu'à être à bout de forces.

Je crie jusqu'à être à bout de forces.

Je finis par craquer.

Je m'assieds sur une des pierres, la carabine entre les genoux, et je me mets à sangloter.
J'essuie mon nez d'un revers de main.
Impossible de m'arrêter.
J'essuie les taches sur mon pantalon.
Tandis que les ombres s'allongent de plus en plus.
Je lève les yeux.
Les baisse de nouveau.

Je tends l'oreille.
Je m'efforce de retenir mon souffle haché.
Je tends l'oreille, lève les yeux, me redresse.

Je crois vraiment entendre un ours, là-bas, un gros animal qui s'approche de plus en plus. J'entends les pierres s'entrechoquer et dévaler la pente. Je presse la détente, le coup ne part pas, comme si une force invisible le retenait, jusqu'à ce que je ne parvienne plus à épauler la carabine.

Je tente de la soulever, une pièce joue dans le mécanisme et émet un bruit métallique entre mes mains tremblantes au moment où tu surgis d'une brèche dans le feuillage.

Peut-être comme un épouvantail, les bras en l'air.

Je vide mes poumons de tout l'air qu'ils contiennent.

Secoué comme sous l'effet d'une décharge électrique, avec mon arme qui tremble.

Je voudrais te frapper, mais je me contente de pleurer de rage, le visage pressé contre ton ventre tandis que tu chuchotes *excuse-moi*, *excuse-moi*, *excuse-moi*.

Tu bredouilles une explication absurde, que je ne veux pas entendre, qui ne se fixe dans la mémoire que sous la forme de ton visage et de tes lèvres qui remuent.

Tu essuies mon visage.
Puis je ris, on rit ensemble, de moi.

On repart en courant dans la descente.

En direction du soleil.

Parfois tu ouvres la marche.

Parfois c'est moi.

Jusqu'à ce que je ne puisse plus suivre. Tu es si présent ici, si présent à toi-même, tu habites ton corps, tes jambes, c'est toi qui arrives le premier à la maison.

Je n'ai plus peur.

Je sais où je suis.

Je marche, trottine, parcours seul les derniers mètres.

À travers une fenêtre au premier étage, j'entends « Let's Dance », « Heroes » et « Fortunate Son », que j'ai récemment acheté, le volume poussé à fond. Je suis le son.

Dans la chaleur, les derniers rayons du soleil, probablement devant le chien haletant, je titube sur la pelouse à l'arrière de la maison, jette la carabine.

Saute à bas du muret.

Mes jambes flageolantes ne me portent plus, j'atterris à quatre pattes, je me rattrape sur les mains, bascule sur le côté, m'allonge un moment avant d'avoir la force d'ôter mes chaussures boueuses.

Je reste étendu, la joue contre le béton chaud.

Respirer.

Légère nausée, soif, l'oreille droite qui bourdonne encore un peu après le coup de fusil, mais j'éprouve une certaine satisfaction. Je me suis montré à la hauteur, j'ai tenu la distance, j'ai accompli quelque chose que personne ne pourra me prendre. Je reste allongé jusqu'à ce que le chien se mette à me lécher le visage avec entrain, comme un chiot, avec sa grosse langue sèche et râpeuse – mais non moins baveuse – de berger allemand. Je le laisse faire, même si j'ai peur des chiens : pendant un bref laps de temps, je comprends son langage. Il est heureux de me revoir. J'enfouis mon visage dans la fourrure hirsute, dans le cou moelleux.

Je rampe vers la porte.

Je mange.

Peut-être des spaghettis avec du ketchup et de la moutarde, des saucisses frites pour le dîner.

Peut-être des bâtonnets de poisson, des *fishfingers*.

Est-ce que je mange ?

J'ai le temps de me vanter auprès de quelqu'un, telle une souris puissante parmi les hommes, qu'on est allés jusqu'au sommet, enfin, presque jusqu'au sommet, que j'ai été piqué par un taon de la taille d'un petit oiseau, comme un colibri, mais qu'on l'a *trucidé*, du sang partout, du sang dans le dos, du sang sur l'épaule, sur les mains et dans l'eau, *tu sais*, qu'on a respiré sous l'eau et tiré à la carabine, que j'ai failli te descendre parce que j'ai cru que tu étais un ours ou un loup, parce que tout ici et maintenant prend son sens, et il me paraît évident qu'on est des vainqueurs, et je suis fier comme un coq d'avoir accompli quelque chose d'aussi grand, d'aussi épique et différent de tout ce que j'ai fait jusqu'à présent, et je me sens enfin digne, je me sens comme les gens d'ici et plus seulement comme quelqu'un de l'extérieur, je suis un *initié*.

Ai-je encore la force de poursuivre ?

Peut-être me prépares-tu à dîner sans que je descende de ma chambre, même si tu m'appelles avec insistance, même si tu as préparé l'un de mes plats favoris. Peut-être me retrouves-tu au chaud dans le salon, sur le plancher, avachi sur le canapé, en train de baver, la joue appuyée sur l'accoudoir. Peut-être que tu me portes dans l'escalier comme si c'était un geste que tu regrettais de ne pas pouvoir faire quotidiennement, dans un monde meilleur, dans d'autres circonstances, si tu t'étais mieux débrouillé.

Avec un sourire plein de fierté, tu me traites quand même de *gros paresseux* : j'ai passé l'âge de me faire porter. Dans la salle de bains. En haut des escaliers.

Peut-être que je m'endors à table, en bout de table.

En attendant.

Le dos douloureux, enflé après la morsure du taon, la première chose qui me tirera de mon sommeil.

Peut-être que je monte seul l'escalier à quatre pattes et que je m'écroule sur mon lit.

Sans descendre pour dîner.

Enveloppé dans le parfum de la maison que la chaleur fait craquer. Une odeur singulière qui porte mon nom, notre nom. Bientôt, je commence à modifier ma signature en y ajoutant des lettres qui ne sont pas vraiment les miennes, un petit ornement.

Le chaton ne devrait pas se trouver dans ma chambre, mais à l'isolement dans la pièce voisine, sous traitement à la pénicilline, le ventre gargouillant, plein de vers, sauf qu'il ronronne et dégage de la chaleur et de la douceur.

Je ne peux rien affirmer avec certitude, parce qu'on a depuis longtemps franchi la frontière lumineuse de la mémoire, lui et moi.

Celle qui délimite le sacré du profane.

Un dimanche après-midi ordinaire, relativement sans histoire.

Une lutte entre toi et moi.

Personne ne pouvait, ne peut s'interposer.

P'tit Loup et Grand Loup.

Quelqu'un héritera un jour de cette maison, l'aménagera, la rangera. Les héritiers légitimes trouveront une pierre et la mettront dans ma main, en deux mille vingt-deux. Encore scintillante de mica, une pierre qu'on a peut-être rapportée de la montagne, qui scintillait dans le lac ou luisait faiblement dans la rivière. Je n'en ai aucun souvenir. Sur la pierre, ton écriture, reconnaissable entre toutes : *24/7 1983. Lars-Einar et papa*. Tout le reste est illisible, confus, émietté à la surface de la pierre.

3

SOLARIS

Deux ans plus tôt, en mille neuf cent quatre-vingt-un, tu as fait sauter à la carabine les portes du premier étage. Cela faisait à peine deux ou trois jours qu'on était arrivés. Après t'être d'abord disputé avec ta petite amie, avoir bu de la bière artisanale très alcoolisée pendant tout l'après-midi, tu t'es battu avec elle. Je ne sais pas qui a commencé. Mais je sentais que ça couvait depuis un moment, dans le salon, dans la cuisine, où elle s'est réfugiée sous la table à manger, a couru de pièce en pièce au premier étage, jusqu'à ce que je sorte me mettre à l'abri dans la grange. Je t'ai vu la poursuivre à l'étage, dans la salle de bains, trébucher en vociférant et rouler, rouler, rouler avec un bruit venant de ta cage thoracique, de tes côtes, et ensuite te relever d'un bond et continuer à la pourchasser. Elle, pieds nus dans l'herbe, après s'être débarrassée de ses sabots, les bras en l'air, comme une marionnette devant la maison. Elle, filant sur la route qui mène au quai et à l'épicerie locale, les pieds claquant sur le bitume. J'ai entendu des cris derrière les bosquets, tandis que, depuis la passerelle menant à l'entrée de la grange, je hurlais comme un animal, sans mot, sans mot, bien que ton plus jeune frère soit venu à ma rescousse et me tienne fermement.

Il s'est assis avec moi.

Il m'a dit de ne pas m'en faire, qu'il ne permettrait pas qu'on touche à un seul de mes cheveux.

J'ai essayé de lui dire que ce n'était pas, *ce n'était pas, ce n'est pas, ce n'est pas, ce n'était pas* pour moi que j'avais peur, mais pour elle.

Il m'a serré dans ses bras, me tenant fermement sur ses genoux même si je m'étais pissé dessus, que ça dégoulinait le long de mes jambes, coulait le long de mes chevilles jusque dans mes chaussures.

J'ai essayé de résister, je me suis débattu en poussant des grognements gutturaux. Un bruit que remarqueraient plus tard tous ceux qui partageraient mon lit : le seul souvenir que je garderais de mon rêve est qu'un étranger a pris le contrôle de ma voix en rugissant par ma bouche.

Je ne sais pas combien de temps ça a duré ou quel âge pouvait avoir cet étranger, vingt ans, peut-être, bientôt vingt et un. Presque treize ans de moins que toi. Je sais seulement que je l'aime infiniment, je suis heureux qu'il ait été là pour moi.

Il a essayé du mieux qu'il pouvait de trouver des diversions. Il m'a demandé de le regarder, de trouver le repos dans son visage.

— *Regarde*-moi, Lars-Einar…

Il a soulevé mon menton, j'ai regardé la route.

Puis la mer en contrebas.

Les sommets des montagnes enneigés de l'autre côté du fjord.

Pas un souffle de vent, l'air chargé, étincelant d'insectes, les ultimes rayons du soleil disparaissant derrière les crêtes, de l'autre côté de la grange.

Une douce lumière, rose et dorée.

Il a posé sur mes yeux sa main, froide et blanche comme un ange de marbre, dès que vous avez reparu à proximité des bosquets, empêtrés l'un dans l'autre, criant, vous empoignant par les cheveux, vous giflant comme des siamois qui se battent contre eux-mêmes.

J'ai eu le temps de voir que tu la traînais sur le chemin de terre pour la ramener vers la ferme. Entre mes doigts, j'ai vu que tu la lâchais devant la passerelle de la grange. Elle s'est relevée, tu l'as de nouveau plaquée au sol, tu l'as frappée, elle a tenté de se relever, et tu t'es mis à califourchon sur elle pour la maintenir au sol, comme mû par un hybris aristotélicien, *se tenir au-dessus de la victime*, tu t'es assis sur elle, alors que tu avais déjà gagné. Tu l'avais traînée depuis la bourgade pour l'empêcher de hurler tout au bout du quai, derrière l'épicerie locale. Pour te mettre à l'abri de la loi, du *lensmann* et des commérages. Pour ne pas attirer la honte sur toi et sur la ferme. Tu as essayé de la traîner sur le gravier jusqu'à l'intérieur de la maison, si bien que ses vêtements se sont déchirés, le soutien-gorge révélant comme une balafre la peau blanche, du cou jusqu'au ventre, et les seins gonflés de lait, veinés de bleu. Tu as finalement lâché prise, vidant ton poing rempli de lambeaux de tissu et d'agrafes, parce que ton frère m'a lâché pour s'interposer, le seul à oser le faire, comme armé d'un glaive flamboyant pour vous séparer.

En un instant, il est devenu celui qui monte la garde, guidé par la seule nécessité, ancestrale, de protéger la vie.

De sa main aux ongles effilés, elle a eu le temps de te griffer, laissant deux égratignures sur ton visage, en travers de la joue. Puis sa main s'est refermée sur les cheveux de ta nuque, en arrachant des touffes. *Toi*, il t'a tourné le dos et *elle*, il l'a regardée fixement jusqu'à ce qu'elle cesse de crier et de se moquer de toi. Maintenant qu'elle était à l'abri et que ton frère lui offrait une protection. Elle ne s'est pas privée de vous dresser l'un contre l'autre, de faire remarquer que ton petit frère était plus grand que toi, de souligner avec une joie mauvaise à quel point tu étais minable.

(Même si, peu de temps après, et dans les années qui suivraient, elle n'aurait de cesse de remercier ton frère et de s'excuser. Quelque chose que jamais *tu* ne ferais, pour autant que sache.)

Tu as essayé de l'écarter, de passer outre, tu as dégagé ton bras en décrivant un cercle trop grand, peut-être pour frapper, mais sans y parvenir. Alors tu as dû renoncer : ton avant-bras s'est heurté au sien, tu n'as pas réussi à exécuter le mouvement désiré.

Tu as aboyé de vaines menaces tandis que ton frère *te* faisait entrer dans la maison, luttant chaque fois que tu essayais de te dégager, plus agile que tout autre adversaire que tu avais affronté auparavant. Tu avais trouvé ton maître ; comme toi-même tu avais trouvé la force de tenir tête à ton père, de le prier de se tenir à l'écart de toi et des tiens, voilà que tu avais tout à coup perdu ce courage, tu étais pour ainsi dire à genoux dans le gravier, trébuchant dans l'escalier, poussé à grand-peine à l'intérieur de la maison, comme si tu y avais pris goût, pris goût à la poix, à la boue.

Avec assez de temps pour réfléchir, redevenir lucide et regretter, peut-être as-tu d'abord voulu dormir pour dissiper les derniers effets, peut-être as-tu continué à vider les bouteilles jusqu'à ce qu'il n'y ait plus rien à boire, peut-être étais-tu assis seul dans le salon bordélique avec le visage jumeau et la voix jumelle, de l'autre, toi après la modification pathologique qui remuait un doigt dans la plaie, te rappelait la défaite et l'humiliation. Fallait-il que tu sois remis à ta place par un freluquet ? (Toi ? Toi ?!) Et que tu cherches du réconfort auprès de quelque chanteur folk mythique qui te ferait t'apitoyer un peu plus sur ton sort : « Desire » et « Hurricane » de Dylan, peut-être, ces chansons qui parlent d'innocents condamnés. Le fait d'être en position d'infériorité physique t'avait rendu encore plus enragé. Tu avais déniché la carabine et tu t'étais mis à tirer à travers les nombreuses portes du couloir du premier étage, passant la tête à travers les brèches dans le bois, souriant peut-être, balayant la pièce du regard. Tout ça parce que tu croyais que ta bière artisanale, forte quoique aromatisée au miel le plus doux, avait été mise sous clé dans l'une des pièces.

Là où il y aurait pu, là où il y aurait *dû* avoir une vie qui dormait.

Probablement parce que la carabine était la seule chose que tu avais sous la main. Tout le reste, haches, couteaux, couverts du tiroir de la cuisine, avait été mis hors de portée par ton frère.

Seul un heureux hasard nous avait conduits, ta compagne, son bébé et moi, à nous réfugier plutôt au rez-de-chaussée, après être restés dans la grange jusqu'à la nuit tombée, sous la protection de ton frère, montant la garde, prêt à barrer le passage, à parer les coups chaque fois que tu ressortais avec l'intention de traverser la cour de la ferme.

Un pas à gauche quand tu en faisais un à droite.

Un pas à droite quand tu en faisais un à gauche.

Sans céder d'un pouce.

En grommelant seulement, à voix basse, que maintenant ça suffisait. Sans même lever les bras, serrer les poings, en jouant simplement des épaules, des hanches chaque fois que tu tentais de passer en force.

Tendre la joue, l'autre joue.

En te surveillant du coin de l'œil.

Prêt à tenir la distance.

Peu importe ce que tu disais, vociférais, avant de rentrer dans la maison.

Te voilà humilié.

Par un Abel, ou plus exactement par un *Seth*[11] en salopette, bretelles croisées dans le dos sur une chemise vieux rose,

11. Troisième fils d'Adam et Ève, conçu après le meurtre d'Abel par Caïn.

peut-être héritée de ton père, déchirée dans le pli au-dessus des avant-bras.

Sans lever un doigt.

Mais s'il le faisait le premier, levait le doigt comme une queue de scorpion, il aurait sûrement pu faire de toi son jouet dans toute la cour, t'aurait mis à terre et plaqué au sol, traîné parmi les châtaigniers, envoyé valser à l'autre bout du domaine, jusqu'à la route, la plage et la mer, il t'aurait plaqué contre le mur, comme je t'avais vu le faire bien souvent, *toi*, empoignant à deux mains le col de tes adversaires, *lui* avec un seul doigt.

Mais il t'a épargné cette humiliation à cause moi.

Tu as crié, menacé.

Il t'a répondu en chuchotant, t'a rappelé que *moi* j'étais là. Que ça suffisait maintenant.

Tu as essayé de passer en force.

Il s'est interposé, t'a tenu tête.

T'a répété que j'étais là.

Que ça suffisait maintenant.

Un chevalier de l'*espoir* flirtant avec l'abîme, submergé par la résignation, vêtu en bleu ciel, gilet mexicain en jean avec une rose dans le dos, mocassins en daim, trop habillé pour l'occasion, un Midnight Cowboy avec des gouttes de sang sur la poitrine et les genoux tachés d'herbe, comme si tu avais prévu de *sortir*, de faire la fête, quand d'autres n'avaient eu le temps ni la force d'ôter leurs vêtements de travail. Peut-être que tu voulais aller danser et que c'est cela qui avait mis le feu aux poudres : déterminer qui resterait à la maison avec les enfants. Qui aurait la permission de boire. Ou pas.

Tu as reçu l'ordre de rentrer.

De rentrer te coucher.

Avant qu'il te suive aussi, entre dans la maison, vide depuis longtemps, tous les autres s'étant éclipsés, peut-être partis au bal, à la fête, à la montagne pour y passer la nuit, ou chercher refuge chez des amis. Il est sorti et nous a fait signe de le rejoindre, il a eu un sourire aussi rassurant que possible, droit et solide comme un mur dans l'entrée. Je me suis caché derrière son dos jusqu'à ce qu'il nous enferme à clé dans la chambre à coucher du rez-de-chaussée, aille nous chercher à manger et à boire, cache le fusil ainsi que les clés de l'armoire où il est rangé, et rame ensuite sur le fjord, à l'aube, pour envoyer par le fond la bonbonne de vin et la bière maison.

Voici ce qui a dû se passer quand tu t'es réveillé ; tu as tout de même trouvé la carabine ainsi que deux cartouches, tu as grimpé au premier et marché dans le couloir jusqu'à la chambre de ton frère dans laquelle dans laquelle on aurait dû dormir maintenant qu'il avait fait ce qu'il avait à faire et était rentré à la rame.

Derrière l'épaisse porte en bois dont la barre transverse portait l'inscription « autonomie intérieure » au feutre, *tout* était perforé, criblé de plombs de 3,25 mm : les montants de lit, les haut-parleurs, la collection de disques de Z à B. Une supposition : *Zabriskie Point*, quelle que soit sa place dans l'alphabet,

Zeppelin I-III, tous les sillons de « Teenage Wasteland » et « Raw Power », puis, au-delà de la tranche, la première piste de *Beggars Banquet* et l'intégrale des Stones – un seul plomb dans l'étui –, l'incontournable *The Dark Side of the Moon*, que possédaient presque tous les ménages ayant un tourne-disque et une installation hi-fi digne de ce nom en mille neuf cent quatre-vingt-un, Slade, Paus & Bjørneboe, je suis moins sûr pour *Berlin* de Lou Reed (*Oh, Jim, hey-hey-hey*), certain pour Hendrix (hachant *hey joe hey joe hey joe*), la sélection d'Ivar Medaas et de Fairport Convention, peut-être les albums *L.A. Woman* (*into this world we're thrown thrown squirming squirming squirming and the big beat*, The WASP) et *An American Prayer* qui serait bientôt échangé en magasin contre un autre disque, puis dans Creedence, disons, « Fortunate Son ». Les plombs n'avaient pas percé les vinyles, mais laissé de petits impacts à des emplacements critiques. L'étui de « The Last Waltz » en était criblé.

Le coup suivant passe à travers la porte, à travers la pièce, à travers la brique de lait et la bouteille de sirop sur le rebord de la fenêtre, puis à travers la vitre pour finir sa course dans la forêt derrière la maison.

La balle transperce les posters en velours phosphorescent : une panthère noire se faufilant à travers une jungle de néons, la grimace rouge de *Cocksucker Blues* sur le papier peint. Des arbres Wunderbaum au parfum écœurant, suspendus à des appliques dans une lumière tamisée colorée, des châles en coton aux motifs mandala sombres, des fractales en batik. *Shiva ler* de Noel Cobb : le seul recueil de poèmes de toute la maison, le dos en lambeaux, que tu t'arrangerais pour embarquer chez toi. Un héritage qui me reviendra douze ans plus tard. Sur la couverture, Cobb et Dag Solstad, rieur, regardant par-dessus son épaule. Vingt-cinq ans plus tard, ce livre sera finalement restitué à ton frère.

Le tout parsemé de confettis de sciure et de copeaux de bois : une queue rapide et follement tourbillonnante derrière la grenaille de plomb.

Les couettes en plumes. Les oreillers.

Les matelas.

Le premier des hommes dans l'histoire de cette maison à connaître ce sort.

Dès le premier coup de feu : déshérité.

Épuisé, je me suis endormi quelques heures, à peine réveillé par les tirs, enregistrant vaguement la détonation. Je me suis levé pour vérifier si tu dormais : tu dormais (dans le salon, avec tes chaussures aux pieds, la chemise déchirée, les mains croisées sur le ventre, avachi dans le canapé, comme si tu t'étais assoupi les yeux braqués sur la porte de la chambre à coucher). Je suis sorti en douce pour raccompagner ta petite amie avec la poussette jusqu'au premier bus partant vers l'intérieur des terres, vers le sud, vers l'est. Je jetais des regards inquiets en direction de la maison pour vérifier que tu ne te lançais pas à notre poursuite.

J'ai dit qu'elle avait dû partir parce que tu n'étais pas gentil avec elle.

J'ai promis solennellement que, lorsque je serais grand, je serais gentil avec mes *femmes*. Au pluriel, peut-être parce que je n'avais pas une idée très précise de la monogamie ou qu'elle avait déjà perdu tout attrait.

(De même que plus tard, une fois adulte, je lui promettrais de ne pas écrire à ce propos. Écrire à *ce propos*.)

Mais j'avais menti, déjà à l'époque, sur la raison de son départ : j'étais surtout soulagé d'échapper à la présence de ta petite amie, car je trouvais qu'elle n'était pas non plus gentille avec toi.

Vous étiez pareils.

Aussi cons l'un que l'autre.

Aussi antisociaux l'un que l'autre.

Mais tu ne m'inspirais pas la même peur qu'à elle. Je n'avais pas peur *pour moi*, en ta présence.

Elle m'avait demandé si je voulais venir avec elle. J'avais dit non.

Elle avait insisté : ne serait-ce pas mieux pour moi ? J'avais encore répondu non.

Pourtant je l'aimais aussi, sans réserve, comme seul peut le faire un enfant. Car il y avait eu une période où elle te comblait, quand je me réjouissais de venir chez elle, comme si l'amour avait été une *triade*, nous trois, quand je pouvais plonger dans sa maison où elle avait aménagé un atelier de Noël, fait du massepain maison et d'autres gourmandises, où vous aviez aménagé une chambre rien que pour moi que tu avais peinte en rouge (ou bien en vert ; je me souvenais surtout que tu avais peint sans effort le Coyote de Bip Bip sur le papier peint de la mansarde, un grand torse luisant avec la langue pendante, avant de laisser le pinceau dévorer le visage), où j'avais le droit de manger ce que j'aimais, des haricots à la sauce tomate et des saucisses, de la bière au malt et du Coca-Cola, des bonbons Stjerneposen, où elle avait organisé une fête et demandé à sa locataire de me maquiller comme Gene Simmons ; elle était stricte sur la régularité, désirant que je vienne un week-end sur deux, même quand tu étais en mer, pour maintenir le contact entre vous deux, mes copains du quartier, l'enfant à naître.

Mais, par la suite, j'avais eu peur d'elle.

Comme si tout cela avait été une sorte de compétition destinée à départager les meilleurs parents.

Sa colère se manifestait par pulsions hors de contrôle, sans tenir compte de l'âge, de la taille, de l'ampleur de l'incident qui la provoquait. Par exemple, un verre de lait qui tombait par terre, le fait d'avoir modifié les réglages des couleurs sur la télécommande, d'avoir marché dans une flaque d'eau avec des chaussures neuves, d'avoir oublié de fermer la porte, ou bien simplement parce que je l'avais regardée trop longtemps et que je m'étais rendu compte qu'elle était ivre ou parce que j'avais posé des questions idiotes avant le petit déjeuner : criant, hurlant, aboyant comme si elle s'adressait à un adulte qui venait de s'introduire par effraction dans le salon. *Explosant* pour un rien.

Toi, au contraire, tu pouvais rester silencieux pendant des jours, des semaines, des mois, ramasser le verre par terre en disant ce n'était qu'un verre, t'emparer sans un mot de la télécommande et régler à ta guise les couleurs en un clin d'œil, m'ôter les chaussures, les mettre dans le sèche-linge et casser du chocolat dans la casserole.

Puis, toutes les conditions ont été réunies : chômage dû à la délocalisation, ivresse, dettes, soupçons d'infidélité ou infidélités avérées, mauvaises performances au lit, problèmes d'argent, disputes du matin au soir, comme le bruit de fond d'une radio oubliée dans la pièce voisine, à laquelle personne ne prêtait attention ou qu'on avait renoncé à faire taire, le son montant et descendant à intervalles réguliers. Tu viens de prendre conscience que tu es déshérité, et tu ne reçois pour tout réconfort que des gifles verbales. Tu *imploses*.

Et dans ton sillage tu entraînes la maison, les objets, les gens – enfants, frères et sœurs, parents, visiteurs – dans ta vision, dans ta chute.

Zero is the center of the universe[12].

Juste un grand.

12. Extrait de la chanson « Plan #1 » tirée de l'album *Demon Box* de Motorpsycho (1993).

Et un plus petit.

La seule raison pour prendre parti.

Je reprenais ses propos, c'était exactement ce qu'elle avait dit la veille, les mots qu'elle avait utilisés, la promesse qu'elle m'avait arrachée pendant qu'on était encore tapis dans la grange, attendant de pouvoir entrer dans la maison. Même s'il ne m'incombait pas de prendre parti, de défendre l'amour que j'éprouvais pour toi ou pour elle, la voix encore enrouée après avoir exprimé ma compassion brute la veille. J'avais pourtant été le premier à tenter d'intervenir, pour être finalement repoussé avec les meubles, comme un meuble, par vous deux.

Planté là, sur le sol de la grange, dans l'odeur du tracteur, des vapeurs de gasoil, des relents d'huile, je devais répondre de tes actes comme si j'étais toi, ou celui qui devait trancher, juger qui était bon et qui était mauvais.

Je vous ai bien observés, tous les deux, sans trouver tout de suite le mot adéquat : *siamois*. Pas dans des oppositions binaires.

Mais ma tête brûlait de questions.

Ne pas être toi, ne pas être vous deux, rien que moi.
J'étais déjà épuisé de porter le fardeau de la preuve, de faire la part des choses entre ce qui était vrai et ce qui ne l'était pas.
Vous étiez vivables séparément.
Sans l'autre, l'air était respirable.
Comme de la chimie.
Une équation.

L'enfer dès que vous étiez ensemble.

Mus par des forces que personne ne pouvait comprendre.

Au point de souhaiter ne jamais jamais jamais vous revoir ensemble de mon vivant.

Si je pouvais choisir, si je pouvais éviter.

Si seulement je pouvais éviter de choisir.

L'amour était la seule loi que je connaisse.

Je suis revenu, j'ai suivi la rivière, ramassé des plumes de corbeau et traversé le domaine en remontant jusqu'à la maison.

Par la porte entrebâillée, j'ai jeté un coup d'œil sur toi : allongé tout habillé sur le canapé, les doigts croisés sur le ventre. Les chaussures aux pieds comme si tu voulais être prêt à bondir. Mais impossible de te réveiller.

Inconsolable, en larmes dès que tu es revenu à toi. La tête dans les mains, tu t'es rendu compte que j'étais pour la première fois à court d'empathie, moi aussi, que je refusais d'être serré dans tes bras pour t'apporter du réconfort, de sortir de mon monde pour entrer dans le tien.

Pour la première fois, j'ai constaté et compris que tu ne pleurais que sur toi-même, tu ne parlais que de toi.

De personne d'autre.

Pas de moi, de personne autour de toi.

Comme un enfant qui répéterait que ce n'était pas lui qui avait commencé.

De nouveau, tout comme avec elle dans la grange, c'était à moi qu'il revenait de déterminer qui était bon et qui était mauvais, de porter le fardeau de la preuve, de dire ce qui était vrai et ce qui ne l'était pas.

Comme si j'étais Dieu.

Celui qui devait prononcer la sentence.
Ou bien être le témoin de Dieu.
Quand la sentence tomberait.
Et le peu d'âme que j'avais a sans doute été consumé par cette question. Comme n'importe quel enfant, j'ai été incapable de dire autre chose que ce que j'avais vu.

Mais le critère décisif, c'est que tu l'avais fait tomber, que tu l'avais plaquée au sol dans le gravier, et que tu avais déchiré son soutien-gorge en la traînant vers la maison. Tu avais le dessus, pourtant tu t'es acharné.

Elle avait continué, refusant de s'avouer vaincue quand ton plus jeune frère lui avait porté secours, alors que ça aurait pu s'arrêter là.

Tous les deux, vous vouliez continuer à vous taper dessus, dévaler sans fin la colline jusqu'à la mer et ses profondeurs où les monstres devaient vous attendre.

Prendre en otage un enfant à coups de larmes pour savoir lequel de vous était le meilleur, lequel avait raison. La question revenait incessamment.

Sans que l'idée vous effleure que j'avais été un témoin involontaire. *Aucun de vous* n'y avait songé.

Ton petit frère avait été le seul à s'en préoccuper.

Encore et encore.

Le seul à être resté quand tous les autres, *tous ceux* qui auraient pu intervenir, s'étaient contentés de prendre la fuite.

En me montrant du doigt.

Si vous pouviez arrêter pour moi.

En somme, je n'ai fait que dire la vérité, comme l'aurait fait n'importe quel enfant de sept ans : c'était ta responsabilité.

Celle de personne d'autre.

Comme un témoin extérieur aurait pu l'affirmer.

Tu as ouvert ta chemise pour me montrer une marque sur ta cage thoracique, une trace de piqûre, une morsure ou encore une griffure laissée par des ongles longs.

Bien trop jeune pour m'émouvoir, j'ai répété que tu étais responsable.

Tu as essayé de me prendre par la main et m'as supplié de ne rien dire à la maison.

Ou peut-être n'as-tu *pas* eu cette réaction-là, car je continuais à me faire une autre idée de celui que tu serais, sobre, de celui que tu aurais voulu être pour moi. Peut-être ne m'as-tu pas demandé de garder le secret à ce moment-là – la *dissimulation* viendrait bien plus tard. Peut-être avais-tu décidé, à l'inverse, d'en assumer seul la responsabilité.

Une fissure persistante et irréparable dans ma compassion pour toi.

Toujours est-il que je préfère éviter d'avoir à expliquer à quelqu'un d'extérieur pourquoi je ne pouvais pas cesser de t'aimer sur-le-champ. J'avais déjà été assez diplomate, tel un primate incapable de s'exprimer autrement qu'en *étant*, en agissant, plus de douze heures d'affilée.

Je suis entré à contrecœur, je suis vite ressorti, j'ai gardé mes distances.

J'ai eu ma première crise d'urticaire, sur tout le corps, comme toi. Personne n'a compris d'où ça venait.

La semaine suivante, tu t'es sectionné les doigts à l'usine.

En corrélation, une victime, première victime. Gisant là, froide, bientôt bleue, sur le sol devant la chaîne de montage.

Finalement, je suis revenu vers toi de mon plein gré pour te prendre dans mes bras, te réconforter.

Sans réserve, sans condition.

La fin de cet été-là, il y a deux ans, s'est déroulée sans encombre.

Je t'avais pour moi tout seul.

On dormait ensemble dans le grand lit double, au rez-de-chaussée, dans l'ancienne salle à manger.

Ton bras autour de moi, ta main bandée comme un petit animal, un petit nounours blanc devant mes yeux, l'odeur de tes aisselles et ton haleine dans mon oreille.

En sécurité.

Qui d'autre que toi pouvait être assez fort pour me protéger ? Contre toi.

En deux mille dix-neuf, quelques mois après que tu aurais dû fêter tes soixante-dix ans, je reviendrais ici. Je promènerais ma main sur l'étagère dans la grande chambre du rez-de-chaussée que tu as quittée et qui est restée telle quelle pendant trente-six ans. Je trouverais un tube de Capsolin, cette pommade qui soulage les douleurs musculaires, quelques livres de poche, une brosse à dents et quelques documents, les derniers datés de mille neuf cent quatre-vingt ; une pile de factures, de lettres et de télégrammes.

Tu as retourné l'une des fines feuilles de télégramme maintenant jaunies, et tu l'as annotée avec un crayon finement taillé, sans le moindre signe d'hésitation. Peut-être quand on t'a remis le télégramme, dans la cabine, à la timonerie, ou peut-être après être revenu ici :

In the name of Allah, the Beneficent, the Merciful.
I seek refuge in the Lord of men.
The King of men,

The God of men,
From the evil of the whisperings of the slinking devil,
Who whispers into the heart of men[13].

Ce télégramme est une déclaration d'amour. Un message pour ton anniversaire. De la part de ton ex-petite amie.

Sans pour autant que tes annotations s'adressent à elle.

Je ne crois pas non plus que tu aies eu l'intention d'être profane. Plus une façon d'affirmer que tu as *lu*, quand d'autres se contentent d'avoir une opinion. Ce sera de toute façon *ta* petite prière. Comme si tu étais toujours à côté de moi quand je tomberais sur ces mots. À l'âge de soixante-dix ans et quelques. Ou encore *vieux* comme Mathusalem, tandis que le monde coule dans tes veines.

Ta propre description de *ton* combat.

La cicatrice du lobe frontal.

La tache brun rougeâtre.

Comme un cafard. Un taon.

Une déformation vers Caïn.

Car ça, c'est toi sobre ou celui que tu préférerais être : un matin pluvieux, peu de temps avant qu'on quitte la ferme,

13. Coran, sourate 114, An-Nas (« Les hommes »). En anglais dans le texte.

tu plies tes vêtements dans un coin de la pièce. Dans ta plus belle chemise, douché et rasé de frais, peut-être sur le point de sortir. Un rendez-vous.

Quoi qu'il en soit, assis sur le lit en tenant le chaton, j'examine ton dos.

Puis, avec un sourire en coin, probablement les yeux brillants, synchronisés avec le mouvement quand tu te relèves, je jette le chat sur ton dos.

Paniqué, le chat y plante ses griffes. Juste entre les omoplates. Et comme si quelqu'un venait de t'asperger d'eau froide, tu lèves les bras, tu te cambres, tu bascules ta tête en rugissant vers le plafond.

Pendant que le chat glisse et se cramponne tour à tour, les griffes s'enfoncent de part et d'autre de ta colonne vertébrale, laissent des traînées sanglantes sur ta chemise déchirée. Cinq petites griffures rouges chaque fois qu'il change de prise, s'agrippe, se laisse glisser vers le bas, jusqu'à ce que, une fois le chat à hauteur de tes reins, tu l'empoignes par la peau du cou. Tu t'en débarrasses en le jetant sur le lit.

Bien *plus tard*, quand je serai plus grand, tu lèveras le bras avec l'intention de me frapper du revers de la main, comme ton père le faisait, à ceci près que tu n'iras jamais au bout de ton geste, jamais tu ne me frapperas, aussi longtemps que tu vivras.

Ce jour-là, tu ne fais même pas ce geste : tu t'assieds calmement sur le bord du lit. Tu me demandes de m'asseoir sur tes genoux. Tu te contentes de me prendre dans tes bras.

— Petite canaille, me chuchotes-tu à l'oreille. Qu'est-ce qui t'a pris ?

— Je ne sais pas.

Comme si ce n'était pas *moi* qui avais fait ça, mais quelqu'un d'autre, *quelqu'un* en moi.

Puis cette histoire t'a fait sourire. Comme si tu admirais un peu mon geste, toi qui me trouvais trop gentil, trop conciliant. Je pouvais donc avoir aussi un démon en moi.

Vers la fin des vacances, j'ai finalement obtenu l'autorisation de jeter un coup d'œil dans la ferme délabrée et battue par les vents, le logement de service avec ce qui avait été autrefois un bureau et un entrepôt au rez-de-chaussée. L'un des deux bâtiments rarement marron, plutôt gris ou noir de suie, à l'exception des chambranles de porte, vaguement rouges, tirant sur l'ocre, avec un revêtement gondolé, sentant bon le goudron et les rondins de bois sec, les dalles en pierre lisses et arrondies pour le perron, les bouts de fer, les tuyaux, la rampe rouillée, sans savoir à quand remontait la construction de ces bâtiments. D'autres habitations étaient toujours passées au brou de noix, lisses, d'un rouge vif ou bien bleu clair et blanc comme la maison principale, le chalet, sur le fond vert émeraude des feuillages persistants.

On est montés au premier, où dans ta jeunesse tu t'étais essayé au spiritisme avec le Ouija rapporté à la maison après ton premier voyage en mer.

Ces bâtiments, le fournil et la grange surélevée à côté, au bout du mur de la cour, sont peut-être les plus beaux, les plus mystérieux, assez vieux pour faire paraître récent tout ce qui les entoure. Ils sont peut-être encore plus anciens que les grands marronniers d'Inde ombrageant la cour de la ferme et répandant leurs fruits épineux et immangeables à la chair amère, mais plus doux que l'intérieur d'une bouche, d'un sexe.

Les maisons avaient à peine servi depuis la mort de ta mère, abandonnées du jour au lendemain après avoir été intensément habitées, avoir été soigneusement entretenues. Le grand chaudron à l'intérieur du fournil était toujours brillant. C'était un lieu où tu pouvais te réfugier, traîner dans les jupes de ta mère jusqu'à ce qu'elle te donne des *lefser* [14] fraîchement beurrées, du pain azyme sortant du four, quelque chose de chaud avec des restes de fromage. Tu repartais en courant avec ça à la main, la bouche pleine. Désormais, cet endroit sert de débarras, on y entasse tout ce qui est hors d'état : filets de pêche, flotteurs cassés, chaudron noir couvert de vert-de-gris. Un lieu livré aux fantômes. Comme le silo, il m'était formellement interdit de m'en approcher seul, telle la pomme dans le jardin d'Éden.

J'avais dû réclamer cela depuis longtemps, plutôt qu'une *carabine*. Des semaines, des années d'attente avant que mon

14. Petites crêpes à base de pomme de terre.

vœu soit exaucé. Je ne supportais pas les pièces fermées, ne pas savoir ce qui se cachait derrière, même si je ne voulais pas m'y rendre seul. J'adorais déjà construire des cabanes ou occuper celles laissées dans la forêt derrière le lotissement, vider des containers remplis de rebuts des chantiers de construction – polystyrène, bâches, bouts de planche, ceintures pour pistolets à clous – construire ou réparer, autant de petites bulles où je pouvais m'isoler, illusion d'indépendance, une expression de l'*inquiétude* au sens heideggérien, *de l'Être-jeté dans le monde*, si je saisis bien les concepts: *penser, construire, habiter.*

Ouvrir quelque chose, vivre dans quelque chose, faire de la place pour les miens sans se fermer aux autres.

Se terrer avec des amis, des livres et des bandes dessinées. Écouter le bourdonnement des pylônes à haute tension.

Ou écouter simplement la forêt, la regarder. La forêt et le lac. Un avion de chasse de passage qui voudrait tout engloutir, déchirer le ciel en deux.

Mais qui finit toujours par disparaître au bout d'un moment.

Exactement comme tu étais aussi quelqu'un qui aimait ça, plus que les autres membres de la famille, ainsi que ta tante – ma grand-tante et grand-mère paternelle de substitution –, ta mère de substitution, te décrirait au cours du dîner de dernier hommage, dans le discours qu'elle prononcerait après ton enterrement: ta manière de quémander un peu d'argent, une pièce d'une couronne et une de cinquante *øre*, si tu avais de la chance, ta manière de pédaler jusque chez l'épicier et de rentrer ni vu ni connu en longeant la rivière avec un paquet de caramels et un magazine *Donald Duck*.

Le dos voûté, tu te glissais dans la forêt, ton endroit favori, un coin derrière une colline, une rangée de pierres au bout du terrain en haut de la propriété, un endroit où la mousse était douce, épaisse et sèche ; la pluie ne tombait pas aussi dru à travers la voûte que formaient les branches de sapin, où tu t'installais sur des dalles de pierre, emportais des ardoises et fabriquais des étagères pour Davy Crockett et Hiawatha, Melville, *Le Klondike* de Jack London (la carte de prêt montre que tu as emprunté ce roman deux fois, la dernière fois le jour de tes quatorze ans, en mille neuf cent soixante-deux, puis le livre ne serait plus emprunté avant la veille de mon premier anniversaire, en mille neuf cent soixante-quinze. Une ellipse de treize ans sur la carte de suivi de la bibliothèque). Qui sait si cet exemplaire n'a pas fait le tour du monde avec toi, pour être finalement rapporté à la maison dans l'espoir que le baptême en mille neuf cent soixante-quatorze serait considéré comme une circonstance atténuante, t'attirerait suffisamment de sympathie pour te valoir l'amnistie et qu'on ferait une exception pour *toi*. Complètement en adéquation avec ton caractère, *fidèle à ton caractère*, pour éviter les pénalités de retard. Peut-être l'as-tu posé avec ton sourire le plus charmeur sur le comptoir, le bibliothécaire étant presque à coup sûr un cousin ou une cousine au second degré, et si c'était quelqu'un qui venait d'ailleurs, il avait forcément développé des liens ici, tu pourrais lui débiter ton baratin, lui demander de faire preuve d'indulgence pour ne pas foutre en l'air ces joyeuses retrouvailles. Ou alors lui faire ton cinéma, donner ta variante de la montre-bracelet de Tarantino ou des lunettes de soleil de Dennis Hopper, peut-être as-tu *alors* trouvé l'occasion de fourguer ton histoire comme Rutger Hauer et son monologue des larmes dans la pluie dans *Blade Runner*, « près de la Porte de Tannhäuser», bref, de lui raconter tout ce que ce livre a vu, vécu, après t'avoir accompagné autour du monde, sur tous les océans du globe, à travers les tempêtes, ayant échappé à maints naufrages avant de revenir à la maison en sécurité, là où il aurait dû être. Si l'intéressé(e) *savait seulement* ce à quoi l'ouvrage avait participé, si seulement lui-même pouvait parler. Peut-être que, en réalité, ce bouquin avait tout bonnement été oublié dans ton ancienne chambre, derrière le lit, et avait pris la poussière pendant douze ou treize ans, ou avait été déplacé par inadvertance à l'étage par quelqu'un dans la maison qui savait que ce livre devait être restitué à la bibliothèque et à qui ce genre d'attitude faisait honte, quelqu'un qui était du genre à toujours rester dans les clous, mais refusait de te rendre ce service. Cela ne te faisait ni chaud ni froid, tu considérais cela comme de la petite monnaie, un bol de nouilles à Tokyo, à peine un pourboire à Manhattan. À moins que ce type de littérature n'ait tout simplement perdu de son attrait précisément dans ces années-là, lorsque le rock est passé de l'autre côté de l'Atlantique avec la Beatlemania, les continents ont commencé à communiquer sous forme de délires psychédéliques, d'hédonisme, de New Age, du Swinging London et de San Francisco, de Woodstock, des lieux mythiques, nouveaux, bien plus attirants, où se rendre par l'imagination, «Come Here», «I'll Show You a Good Time», «A Journey to the Center of the Mind», «Napoleon in Rags», et bientôt «Wish You Were Here», cachant le paquet de caramels, le pot de miel volé, collectionnant les plumes de corbeau et les pommes de pin, les dissimulant derrière une autre pierre plate, *puis* le lit, *puis* la table, le bat-flanc, laissant la nature, les lieux environnants t'envelopper, ou bien ils se sont seulement *manifestés*, t'invitant à entrer en eux. Et tu as partagé la chaleur des lieux avec des chats et des chatons, tu as levé les yeux du livre pour regarder passer un cerf, ou le voir fouiller le sol, grignoter des touffes d'herbe. Tu t'es pavané sur la couverture, enveloppé, enfermé dans la chambre brun doré, verte, tapissée d'aiguilles de sapin et de fougères, tout en découvrant le Klondike hostile et froid décrit par Jack London, la fuite de James Fenimore Cooper à travers la nuit, dans une paire de mocassins silencieux. (Plus tard, tu insisteras lourdement pour que je lise Dee Brown, et c'est peut-être précisément la raison pour laquelle je ne l'ai toujours pas lu.) Peut-être la renarde t'a-t-elle rendu visite à ce moment-là. Parfaitement immobile, tu as retenu ton souffle, le livre sur les genoux, pour qu'elle s'approche, peut-être attirée par la bonne odeur des caramels, butin de précédentes visites, de raids pour emporter les sachets, lécher le papier jusqu'à nettoyer les dernières miettes des *lefser* beurrées et sucrées. Les yeux mi-clos, tu as fait le mort, si bien qu'elle se serait approchée suffisamment pour que tu puisses la saisir par sa queue touffue, sentir tes doigts glisser sur la fourrure claire, courir à la maison en brandissant ce trophée, si tu avais été assez patient et rapide là-bas, à la lisière de la forêt, derrière les framboisiers. À quelques centaines de mètres au-dessus des anciens bâtiments de la ferme, où ta tante était une des dernières à dormir quand elle vous rendait visite, quand elle avait pris un congé pour vous aider à la mort de ta mère. Elle t'avait repéré à cause de ta frange qui dépassait du muret derrière lequel tu étais caché avec le premier numéro, historique, du magazine *Donald Duck*. Tu étais là, perdu dans toute la subversion que pouvait t'offrir Carl Barks, *pris en flagrant délit*, alors qu'on t'appelait pour dîner.

Le plancher du premier étage n'était pas stable, tu as insisté pour me tenir la main et passer le premier. J'ai surtout été étonné qu'il y ait là du papier peint – jauni, aux bords décollés – et aussi des meubles entreposés derrière la façade qui avait souffert des intempéries. Je n'en revenais pas qu'il fasse si chaud là-dedans par rapport à la maison principale, peut-être parce que les lieux étaient réchauffés par les derniers rayons de soleil de l'après-midi pénétrant à travers les fins voilages d'été. Une table ronde avec une nappe trônait au milieu du salon, sous une lampe à pétrole en cristal au réservoir à moitié vide ; même si des fils électriques couraient le long des plinthes et au-dessus de la porte, tu m'as prié de ne pas toucher aux interrupteurs ; une seule des quatre chaises était tournée vers l'extérieur, un pied en dehors du tapis, et un seul verre de cuisine traînait sur la jolie nappe en dentelle, comme si l'intéressé venait de se lever et allait revenir d'un moment à l'autre. Tu n'as pas voulu qu'on s'asseye à table et tu as ouvert un des vieux coffres en bois, tu m'as montré un harnais que tu as épousseté, étonné qu'il soit à cet endroit-là, en si bon état. Tu as dit qu'on devrait mettre ce coffre dans la grange ou la maison, mais, dans un élan d'humilité ou de résignation, tu es convenu que cela ne dépendait plus de toi.

Tu t'es assis sur le bat-flanc, la main dans le coffre, caressant le harnais comme si tu caressais le cheval, *Noiraud*, un vieil ami, un bon souvenir – ou bien un avenir qui s'ouvrirait de nouveau à toi, qui sait –, tu as soulevé la selle, le sac de fourrage que tu as humé avant de le remettre au fond du coffre.

J'ai demandé pourquoi il n'y avait pas de cheval à la ferme. Tu as répondu qu'on avait maintenant des machines qui faisaient le même travail.

J'avais pourtant vécu dans une ferme où il y avait à la fois des tracteurs et des chevaux.

Tu as dit que ça ne valait plus le coup ici, que ça ferait joli, bien sûr, mais bon.

Tu allais me dire, peut-être pas à cet instant précis, ou peut-être si, précisément, parce que c'est *là* que l'idée refait surface, juste devant la fenêtre, parmi les arbres, sauf qu'il pleut au moment où tu racontes : qu'il y avait autrefois de mauvais hommes dans le village qui croyaient qu'il fallait briser la volonté d'un cheval pour en être le maître. Ils le débourraient, longtemps, le poussaient à bout jusqu'à ce qu'il soit vaincu, luisant de sueur et moucheté d'écume, la bave aux lèvres, puis l'attachaient solidement à un arbre dans la forêt, coupaient une branche et en ôtaient le feuillage pour fouetter l'animal, parfois jusqu'au sang, avant d'être satisfaits. Alors seulement ils considéraient que le cheval était dompté et obéissant. Mais cela n'avait d'autre résultat que de rendre le cheval agressif et craintif. Voire plus indocile.

Sans essayer de trouver la moindre similitude ou analogie, sinon de vouloir peut-être m'apprendre quelque chose de la mentalité des gens du pays, de me transmettre quelque chose dans l'espoir que tout ne serait pas perdu.

Tu as refermé le couvercle du coffre avec précaution et tu t'es levé.

Dans les deux autres chambres destinées aux domestiques, aux valets de ferme loués pour la fenaison, le plafond avait commencé à s'affaisser, une poutre pendait dans la pièce, des planches s'étaient effondrées, de la tôle ondulée et des ardoises étaient tombées dans les lits, l'humidité avait déjà creusé un trou dans le plancher, traversant le plafond de l'étage en dessous que je n'ai pas eu l'autorisation de voir, où je n'ai pas eu la permission d'entrer étant donné les circonstances. De toute façon, les pièces étaient fermées à clé : aucune de celles suspendues au gros anneau rouillé ne permettait de les ouvrir, les clés avaient peut-être été gangrenées par la rouille, elles aussi.

Quelques semaines, ou peut-être seulement quelques jours plus tard, tu te précipiterais dans la cuisine, tandis que moi, je me réfugierais à toutes jambes dans l'entrée, je t'entendrais ouvrir d'un geste brusque les tiroirs derrière moi, je me retournerais, la main sur la poignée de la porte, un pied dans chaque pièce, verrais le tiroir à la poignée brisée renversé sur le sol, te verrais te pencher, fouiller parmi les ustensiles de cuisine, les couverts, avec un bruit de ferraille sur le linoléum aux taches bleues, trouver le couteau que tu cherchais.

Tout ça parce que je t'avais pris en flagrant délit.

Je ne sais pas qui avait eu l'idée de mettre sur la table une bouteille d'eau-de-vie artisanale, seulement un jour ou deux avant le départ : peut-être était-ce un cadeau qu'on t'avait fait et que tu gardais pour le voyage retour. Cette eau-de-vie avait été distillée par quelqu'un qui maîtrisait son art, de sorte qu'on n'avait presque pas besoin de la couper avec de l'eau, quelque chose de local, quelque chose du *terroir*. Tu as demandé prudemment si tu pouvais l'emporter, t'accorder une petite goutte après presque deux mois d'abstinence. Boire un petit coup pour fêter la fin de la fenaison, maintenant que le fourrage et le foin étaient bien à l'abri, dans l'étable, dans le silo.

La récolte était pratiquement terminée.

Peut-être la bouteille était-elle sur la table quand tu es descendu après m'avoir mis au lit, peut-être y avait-il une petite fête dans le salon – des invités de passage pour le week-end – et que tu te sentais peu à peu exclu, le seul à ne pas boire, le seul qui n'avait *pas le droit* de boire. Ta fierté en prenait certainement un coup, compte tenu de tous les efforts consentis durant la journée, tout le travail abattu au cours de cet été qui touchait à sa fin.

Le seul à ne pas pouvoir s'accorder une petite goutte.

Toi ?

Toi ?!

Toi…

Peut-être quelqu'un a-t-il pris ta défense, t'a demandé pourquoi tu ne pouvais pas t'accorder une larme, une goutte, comme tous les autres, toi assis là sans te faire trop remarquer, sans déranger personne, charmant et éloquent, le plus âgé et pas le moins *amusant*, celui que tout le monde avait vu trimer, jouer, s'occuper de moi tout l'été.

Un petit verre.

Pour le plaisir.

Pour fêter ça.

Août.

Maintenant que l'été s'achevait.

Les jours raccourcissaient.

Et la récolte pratiquement terminée.

Peut-être la maison était-elle totalement silencieuse, le chien dormant dans un coin, moi au premier étage. Il ne restait que la lueur vacillante du téléviseur, encore en noir et blanc. Tu venais de sortir de la salle de bains, de te doucher, après avoir piétiné dans le silo. Tu te sentais *frais et dispos*, tu avais envie de boire un coup. Tu sirotais un Capri-Sun avec son égérie de l'époque, Mohamed Ali. Je me souviens des sachets qui traînaient un peu partout cet été-là avec un effet Vache qui rit – ce jus d'orange hyper sucré qu'ils osaient appeler un *rafraîchissement*. Quand d'autres pouvaient s'accorder une *goutte*.

Comme un défi.

Une façon d'éprouver ta force de caractère.

Un rien suffit à la faire vaciller.

Un calcul élémentaire.

De la prose toute simple.

Peu importe la poésie que tu portais en toi.

Ton père disait souvent que si tu faisais cent bonnes actions et une mauvaise, les gens se souviendraient seulement de la mauvaise.

Quarante, quarante-cinq belles journées.

Il pleuvait fort dehors.

J'ai à peine eu le temps de refermer la porte.

J'ai entendu le couteau heurter le panneau en bois.

La seule fois que tu allais lancer une arme vers moi.

Le couteau a heurté la porte dans un bruit sourd avant de tomber au sol.

Ton rire derrière la porte.

Si bien que moi, peut-être parce que j'étais seul dans la pièce, je pouvais continuer à considérer cela comme un jeu, continuer à me dire que tu avais lancé *intentionnellement* le couteau *à plat*, pas pour me blesser. Mais j'ai quand même filé comme une flèche vers l'entrée et fermé à double tour la porte de la salle de bains. Je me suis mis à rire tout seul, peut-être un rire triomphal, peut-être un rire nerveux, peut-être un rire douloureux, triste et creux.

Mais si cela devait être un *jeu*, peut-être que toi non plus, tu n'étais pas indifférent au fait que je me sois rebellé, las de te voir saoul. Après avoir sifflé l'eau-de-vie à la bouteille, tu en avais versé dans ton café à présent, émergeant de tes brumes après avoir veillé la nuit entière. *Déçu et lassé.* Quand je suis descendu pour le petit déjeuner et que j'ai senti l'odeur qui provenait du salon – j'avais presque aussitôt compris ce qui se passait –, j'ai mangé en silence tout en tendant l'oreille et en remarquant que le fil du téléphone avait été tiré jusque dans le séjour. Je t'ai entendu tourner en rond en traînant les pieds sur le plancher. Tu essayais de réserver des billets pour rentrer auprès de la compagnie la moins chère, ou celle qui accepterait de te faire crédit pour un bon mot bredouillé. Je t'ai entendu avant de te voir torpiller tout ce qui avait été si lumineux cet été-là, jusqu'à ce que l'alcool fasse tout déraper.

Tu as fini par sortir du salon, tu semblais dans ton état normal, tu as dit bonjour, tu as dit et fait des choses normales. Seulement il y avait l'odeur. Omniprésente.

Tu m'as ébouriffé les cheveux à la va-vite, sans croiser mon regard, avant de te diriger vers la cafetière.

J'ai avalé le reste de la tranche de pain avec des œufs durs, des œufs de poisson en tube, du maquereau à la tomate, des flocons d'avoine, des céréales avec du lait et des baies, puis j'ai calé mon dos contre le dossier et déclaré que tu étais saoul.

Tu as dit non.

J'ai perçu le claquement de la cafetière contre le bord de la tasse.

J'ai demandé à humer la tasse.

Le café m'a piqué le nez, quelque chose de sale, une pellicule bleu clair, huileuse à la surface.

Tu as tout de même tenté de paraître normal, de te comporter normalement.

De dire des choses que je mourais d'envie d'entendre. Celles qui pouvaient ressembler à de l'amour, à de la tendresse.

C'est d'abord à ta voix que je t'ai démasqué, comme un amant qu'on connaît par cœur, mais je t'accorde le bénéfice du doute. Une autre forme d'amour.

Des mots d'apaisement plus nasillards, plus pâteux et d'autres plus inutiles.

De petits trébuchements, d'infimes mouvements, ta façon de réagir si telle ou telle chanson passait à la radio.

Tu pointais le doigt en l'air et battais la mesure.

Tu te trompais dans la cadence, fredonnais, te trompais dans la mélodie, te trompais dans les paroles, te reprenais.

Comme si c'était une journée ensoleillée, même s'il faisait gris et pluvieux, les gouttières chantaient (la chaleur de cet été-là ne prendrait fin que de retour chez moi, avec un exercice incendie à la nouvelle école, où on nous avait fait poireauter en chaussettes, sur le terrain de football détrempé en automne).

Et s'il n'y avait pas de radio dans la pièce, tu dansais sur le plancher, mais avec un mauvais jeu de jambes, malgré des semaines de saut à la corde, de course dans la montagne, ravi, comme dans une fête qui n'existait qu'en toi-même.

Ton ivresse se repère d'abord à l'attitude des autres personnes dans la pièce, à leur comportement, sans que rien soit dit ouvertement.

Dans l'attitude du chien.

Il s'est mis à nous surveiller du coin de l'œil, aux aguets, alors que d'habitude il se pavane avec indifférence.

Déplacement du regard, froncement de sourcils. Une bête de huit ou neuf mois. J'avais passé des semaines à calculer l'âge humain d'un chien, passionné par cette question.

Il a éternué.

Comme un pétard tiré pendant une fête, sous l'armoire contenant les inépuisables provisions de tabac à chiquer de ton père.

Il s'est gratté. A voulu se mêler au jeu, prendre part à l'action, intervenir.

J'ai ri.

J'ai dit que tu étais ivre.

Tu as dit non.

J'ai dit *toi, tu es saoul.*

Tu as nié.

J'ai dit que je n'y voyais pas d'inconvénient, que tu étais généralement drôle quand tu étais saoul.

J'ai lavé l'assiette.

Ce qui était à peu près vrai. Avec moi, tu étais drôle, la plupart du temps. C'est avec les autres que tu avais l'alcool mauvais.

Et tu n'étais pas méchant à ce moment-là, juste plus *apaisé*, simplement *content* et d'humeur joyeuse peut-être, content d'avoir tenu parole, d'avoir fait un effort, d'avoir montré ta bonne volonté et de t'être globalement bien comporté. Ça valait bien une récompense, la récompense que tu désirais le plus ; tu ne voulais faire de mal à personne, juste te détendre un peu, mais au mauvais moment, au mauvais endroit, dans les mauvaises circonstances. Et avec un passif : tu avais défoncé des portes à coups de fusil de chasse et roué de coups ta compagne.

J'ai dit que ça ne me posait pas de problème.

Mais aussitôt après j'ai jeté un coup d'œil à l'heure.

Tu as admis avoir un peu bu, mais je n'avais pas de souci à me faire, tu maîtrisais la situation.

Je m'étais réveillé de bonne heure à cause d'un bruit dans la maison – des voix, peut-être une dispute.

Tu parlais trop fort au téléphone.

Quelqu'un était parti, s'était installé dans la voiture, n'en pouvait plus, avait claqué la portière.

J'ai dû répéter que tu étais saoul.

Emporter la carabine.

Emmener le chien, chose rare, une démonstration d'autorité et de pouvoir, mais il a fallu que je le rassure avant de sortir, il n'aimait pas la carabine depuis que tu lui avais tiré dessus avec une allumette, pour essayer, quelques jours après notre arrivée.

J'ai presque vidé le chargeur sur la tasse en étain depuis la grange.

Je me suis assis sous la pluie, sous ce qui devait m'offrir un abri.

Je suis revenu.

Je t'ai trouvé aussi saoul.

Pendu au téléphone.

Peut-être avec ma mère, qui a essayé de te dire qu'on avait raté la rentrée des classes, peut-être avec une autre compagnie aérienne.

Les talons croisés sur le bord du petit bureau.

À l'endroit où ton père avait pour habitude de s'asseoir, dos à la fenêtre de la cuisine.

J'ai fini par parler brièvement à ma mère, je lui ai dit que j'allais bien, elle ne m'a pas cru et elle m'a dit qu'on en parlerait plus tard avant de raccrocher.

Comme dans les films, sans dire au revoir.

Tu es entré, m'as demandé comment ça s'était passé avec ma mère.

Si elle m'avait cru.

Si elle était, disons, *rassurée.*

J'ai dit oui.

J'ai décidé de jouer le jeu.

Sans faire de grandes phrases, en toute sincérité, montrer où j'en étais, ce que je ressentais vraiment même si je souriais toujours, même si je m'efforçais d'avoir l'air gai. Peut-être est-ce toi qui as commencé à faire preuve de spontanéité à un moment, ou peut-être est-ce moi qui ai commencé.

Je t'ai demandé de faire une petite séance de boxe avec moi, alors tu t'es avancé vers moi avec une seule main, la droite, en continuant de tenir la tasse de café dans l'autre, sans me prendre au sérieux, sans voir en moi un adversaire valable.

Tu voulais me prouver que c'était un jeu auquel tu aurais pu jouer une main attachée dans le dos, en avançant et reculant sur le plancher de la cuisine. Moi, je tournais autour de toi, et tu riais en esquivant mes coups.

Alors j'ai pris de l'élan et j'ai poussé de toutes mes forces, t'envoyant en arrière sur le bureau de ton père. Tu t'es cogné juste sous les fesses, puis tu as basculé par-dessus bord, le dos et l'arrière du crâne en premier.

Puis les jambes ont suivi.

Je me souviens de quelque chose qui clochait avec tes jambes, tes pieds et tes chevilles : le haut du corps, large et athlétique, était d'une certaine façon en décalage avec le reste, même si tes jambes n'avaient rien de chétif, bien au contraire, mais la façon dont tes genoux étaient pliés, comme figés de travers, à cause du tissu en coton serré et délavé, les chevilles apparentes sous l'ourlet du pantalon, les chaussettes blanches dépassant des mocassins noirs avec des lanières de cuir entre lesquelles on pouvait glisser des pièces de monnaie. Des chevilles désarticulées, manquant de souplesse, donnant l'impression d'appartenir à une autre anatomie, pour moi plutôt celle du loup, une image que j'associe aux bandes dessinées et aux contes de fées, ou à une bête mythique, un montage raté. Pas à un avatar du dieu Pan, pas à quelque créature robuste, mais plus à quelque chose de sec, desséché, noueux, comme dans les représentations d'esprits de la forêt que je découvrirais par la suite : ces créatures grecques ou japonaises, avec des corps décharnés formés de cernes annuels. Comme un arbre qui ne sait pas encore qu'il est mort depuis longtemps.

Ensuite la tasse et son contenu, le café allongé à l'eau-de-vie, décrivant un arc de cercle et éclaboussant le plafond.

Ton regard étonné. Décrivant lui aussi un arc de cercle vers le plafond.

La tête et le dos se sont écrasés sur le plancher, au point que je l'ai senti trembler sous mes pieds. Dans ta chute, tu as entraîné les papiers, le pot à stylos et la lampe de bureau.

Le bruit m'a fait frissonner.

Je me suis tenu un instant au-dessus de toi, les poings serrés.

Tu as d'abord souri, comme si la surprise ne t'avait pas laissé le temps de te mettre en colère, comme si tu devais te montrer admiratif de ce *lucky punch*. Ou bien de ce tempérament qui se révélait au grand jour. J'avais fait preuve de volonté et de force. J'avais démontré mon courage.

Tu m'as regardé fixement.

Alors que pour toute réponse je rugissais mon triomphe avec le chien qui aboyait à côté de moi, le temps d'en rire, j'ai eu peur de t'avoir blessé pour de bon, honteux d'avoir poussé ce qui tanguait déjà.

Tu as fermé les yeux, comme si tu feignais d'être mort.

Peut-être pour me piéger, m'attirer plus près, me faire faire le travail, même si tu n'avais qu'à tendre le bras.

Peut-être, en heurtant le plancher, avais-tu eu le souffle coupé pour de bon.

Je n'ai pas bougé.

Je ne me suis pas laissé piéger.

Alors tu as écarquillé les yeux, regardé la tasse, puis moi. Tu as retiré ton doigt de l'anse et laissé la tasse rouler par terre tout en restant allongé.

— *Lucky punch*…, as-tu chuchoté.

J'ai eu peur que tu ne sois vraiment, vraiment en colère contre moi, toi qui tu ne l'es presque jamais, en tout cas pas comme avec les autres. Tu as bondi en avant, à peine remis sur tes pieds, traversant la pièce comme une flèche, la tête la première, les mains tendues. Tu as foncé droit vers les tiroirs, tu t'es retenu au banc de la main gauche pour éviter de tomber, soit parce que tu as mal calculé la distance, soit parce que tes doigts ont dérapé. La main droite a tiré trop fort, la poignée en plastique s'est cassée, je me suis retourné, j'ai entendu le tiroir tomber par terre, je me suis retourné de nouveau, j'ai vu le couteau. Couru.

Je passe le reste de la journée dans la chambre, derrière la porte fermée à double tour.

Je refuse d'ouvrir. Tu reviens sans cesse cogner à la porte.

Tu promets de ne pas me faire de mal, tu me dis que tu veux seulement parler, t'excuser.
Je dors avec le chaton sous le cou.

On ne dormira plus jamais ensemble, toi et moi.

Peut-être une seule fois, lors d'une excursion – de celles qu'organise le centre de désintoxication avec une nuit en chalet. Tu m'appelleras l'année suivante, sans prévenir. Entre-temps, tous les contacts – pour Noël, le nouvel an, les anniversaires et les vacances – se sont limités à quelques enveloppes sporadiques contenant des billets bleus de dix couronnes. Jusqu'à ce qu'enfin j'entende ta voix depuis la cabine téléphonique exiguë de la polyclinique.

Une promenade qui, de toute façon, restera mon dernier souvenir d'avoir été assis sur tes genoux. Après le dîner, tandis que tu fumes la pipe dans l'escalier menant au chalet d'alpage, tu m'enveloppes dans ta veste en laine, tu me montres Orion pour la première fois – sans parler du passé ni de l'avenir. Je pose sans doute des questions sur les ovnis. C'est notre premier ou notre deuxième séjour au chalet depuis notre départ de la ferme. Presque deux ans se sont écoulés au cours desquels je ne sais pas grand-chose de ce que tu as fait. Je sais juste que tu étais ici, que, pour reprendre tes mots, tu *étais passé par-dessus bord*, que tu avais conscience d'avoir besoin d'aide. Je ne t'avais jamais trouvé aussi en forme : les cheveux doux, la voix et les mouvements doux, les vêtements doux. On prend soin de toi au centre de désintoxication, où tu es considéré comme un atout, ce qui me laisse à penser que tu passes du temps à t'occuper des autres. Tu ne devais pas être le dernier à te montrer volontaire quand il fallait grimper des pyramides de cinq, dix ou vingt-cinq marches dans un parcours. Tu croyais en des forces supérieures. Un mystique de la nature, un exalté qui y voyait des visages et des formes partout et en comprenait le sens caché. Tu n'as pas lésiné sur les excuses, en tout cas vis-à-vis de moi, mais aussi vis-à-vis de ma mère, donnant l'illusion d'être quelqu'un qui sait affronter la réalité, du moins au début, jusqu'à ce que tu sois en mesure de faire appel, de demander une révision du jugement. Jusqu'à ce que tu tombes malade, tu passais ton temps à *remonter la pente*. Encore et toujours. Et je peux l'affirmer sans peine *aujourd'hui* : tu étais encore un homme *jeune*, relativement beau.

Tu fais sauter la serrure à l'aube, tu chuchotes que tout va bien, que ce n'est pas ma faute, que tu ne vas pas me faire de mal. On rassemble en vitesse nos affaires avant le départ, on fourre le chat hirsute et gémissant dans le sac. En guise de couvercle, la boîte en carton dans laquelle j'avais emporté ma collection KISS. On perce des trous d'aération dans le carton à l'aide d'un stylo ou d'un stylet – c'est probablement à ce moment-là que la collection s'est dispersée sur place ou dans *ta* valise, car tout est fait à la hâte, négligemment, sans égard pour la valeur de mon trésor. Puis quelqu'un nous dépose en voiture à l'aéroport sous la pluie. Tu tentes sans succès de glisser quelques bières dans ton bagage. Tu vides tes poches sur le tarmac, tu dors comme une souche dans l'avion, j'ai du mal à te réveiller après l'atterrissage en douceur sous un soleil radieux, dans la chaleur de l'été.

Ton profil contre l'appuie-tête.

Les miaulements plaintifs du chat et l'hôtesse de l'air en uniforme, la femme la plus merveilleuse et la plus douce du monde, avec des lèvres brillantes et des seins tendres. Mais elle a du travail, et elle est incapable de faire la différence entre Eric Carr et Peter Criss, entre un renard et un chat. Elle ne voit qu'une bande de félins maquillés derrière la batterie : ma seule compagnie.

Jusqu'à ce que tu agites, remues la tête comme un nouveau-né : un dément ramené à la conscience. La fierté des médecins.

Tu t'exprimes de manière désarmante.

Tu te soucies cependant de trouver des solutions pour faire face au réel.

Tu adresses un petit signe de tête au commandant de bord qui attend à l'extérieur du cockpit, à l'extrémité de l'allée centrale.

En rang.

Face au maître des lieux.

On débarque les derniers. Sur le tapis à bagages à l'arrêt, je repère ta valise mauve tombée de travers, comme un tableau bancal, une maison miniature de guingois. Tu t'empresses d'ouvrir ton bagage pour boire. Quelque part entre l'aéroport et le quai de la gare, tu t'aperçois que tu n'as plus ton portefeuille, probablement oublié dans le taxi, peut-être raflé par la bande qu'on a croisée plus tôt dans les escaliers, devant la gare. Tu avances à grands pas vers le parvis pour mendier de l'argent, moi à la traîne, trottant derrière toi avec le chat qui miaule désespérément et mon sac d'où la collection KISS a disparu. Tu tentes de vendre ta montre, ta montre-bracelet.

Mais comme le contrôleur du train suivant refuse de prendre ta montre en gage, je finis par téléphoner à ma mère depuis le bureau des objets trouvés, et j'attends jusqu'à ce que Bengt, son nouveau compagnon, qui n'a jamais entendu dire que j'allais ramener *un putain de chat* à la maison, vienne nous récupérer. C'est tout ce que tu verras de la nouvelle ville, la nouvelle maison, la nouvelle école : on passe devant en voiture pour t'accompagner jusqu'au ferry. Pour une fois, tu sauras ce que ça fait d'attendre l'arrivée du bateau. Moi, je passerai des jours, des semaines, des mois à attendre. Pour te rejoindre.

Tu te retournes à demi sur le siège passager, toi qui d'habitude t'assieds à l'arrière avec moi, pour me répéter que rien de ceci n'est ma faute. Je ne sais plus combien de fois tu réitères tes excuses. Tu es encore jeune ; qui sait, avec un peu de chance tu pourrais mûrir, devenir plus humble, plus conciliant.

Avant de rechuter.

C'est la dernière fois. Tu vis en exil pendant six ans – six années de vide – à l'est, à l'est du pays, avant d'être autorisé à revenir *à la maison*, à respirer sous le même toit après avoir perdu ta jambe.

Même *à ce moment-là*, tu ne le supporteras pas.

Quand tu sors de la voiture avec une poignée de pièces que Bengt a en réserve pour les péages, je n'ai même pas la force de te serrer dans mes bras.

Je ne me retourne pas pour te voir sur le quai vide où j'ai tant attendu.

Tu t'en vas.

Bengt comble les vides en me posant des questions sur le chat, me fait remarquer que l'école a commencé depuis un bout de temps.

Le quotidien.

L'écoulement de l'existence en rythme, avec une prévisibilité végétative. Un faux moi à cultiver.

You really like my limousine
You like the way the wheels roll
You like my seven-inch leather heels
And goin' to all of the shows

Mais…

Do you love me[15] *?*

Comme moi je t'aime.

15. « Do You Love Me », chanson de Kiss tirée de l'album *Destroyer*, 1976.

Découvrez les autres titres

de la collection La Grande Ourse

AU CŒUR

DU MONDE SAUVAGE,

UNE AVENTURE

HUMAINE.

Paulsen

Red Arctic, hiver 1931. Une meute d'une trentaine d'hommes armés, équipés de dix kilos de dynamite, d'une quinzaine de traîneaux, d'une centaine de chiens et d'un avion de reconnaissance pourchasse un homme. Un seul. Tout seul. C'est la plus grande traque jamais organisée dans le Grand Nord canadien. Pendant six semaines, par moins quarante, à travers blizzards et tempêtes, ces hommes assoiffés de vengeance se lancent sur la piste d'un fugitif qui les fascine. Cette course-poursuite dans un univers noir et glaçant va mettre certains d'entre eux face à leur propre destin. Car tout prédateur devient un jour la proie de quelqu'un d'autre…

Avec cette chasse à l'homme à couper le souffle, inspirée de faits réels, Ian Manook signe un prodigieux roman noir sur fond blanc.

Laponie, 1851. Dans le village reculé de Gárasavvon, les Sámi élèvent des rennes de père en fils depuis des générations, et mènent une existence nomade soumise aux seules lois de la nature. L'arrivée de Lars Levi Læstadius, pasteur luthérien, sème la discorde au sein de la communauté. Après la conversion spectaculaire de l'ancien guérisseur, Biettar Rasti, c'est à son fils, Ivvár, que revient la responsabilité du troupeau. La fille du pasteur n'a pas idée des tourments auxquels elle s'expose lorsqu'elle s'éprend du jeune éleveur. Son père ne veut pas pour elle d'un ivrogne qui a tourné le dos à l'église, encore moins d'un Sámi.

Magnifiquement écrit, traversé par la beauté âpre des paysages du Grand Nord scandinave, *Le Silence des tambours* met en scène de façon saisissante la confrontation de deux cultures.

L'heure du raid a sonné sur la base de Cap Prud'homme en Antarctique, et l'expédition s'annonce sous haute tension. Au volant des dameuses et des tracteurs qui permettent l'acheminement de provisions sur la station Concordia, sept hommes et une femme. Pour atteindre leur objectif, ils doivent parcourir 1 200 kilomètres et se hisser à plus de 3 000 mètres d'altitude dans des conditions extrêmes. Dix jours d'isolement total par - 50 °C, à slalomer entre des crevasses en plein blizzard. Dix jours au cours desquels le moindre imprévu peut tourner au désastre. Ici, la menace vient toujours de l'extérieur. Lorsque le charismatique leader du raid disparaît, tout le monde croit à un accident. Pourtant, la découverte de son cadavre mutilé permet d'en douter. Et si, parmi les membres de l'expédition, quelqu'un avait l'intention de ne pas s'arrêter en si bon chemin ?

Ce huis clos angoissant est d'une noirceur à faire fondre la banquise.

1859. Brita Caisa doit partir. Tombée en disgrâce, la guérisseuse de Sodankylä quitte sa Finlande natale pour se rendre à Vadsø. Sur son traîneau, ses deux fils âgés de trois et onze ans : des enfants du scandale, nés hors mariage. C'est sur les côtes sauvages du Finnmark que Brita espère les mettre à l'abri de la faim. Chemin faisant, la guérisseuse apporte son aide à tous ceux qui en ont besoin, qu'importe si la route vers le nord, balayée par les tempêtes de neige, s'annonce éprouvante. Lorsqu'elle rencontre Mikkel Aska, Brita sait au fond d'elle qu'elle est arrivée à destination. Mais il est marié à une autre ; une autre qui n'a pas l'intention de laisser cette étrangère la déposséder de ce qu'elle a de plus précieux.

Une somptueuse odyssée scandinave, inspirée de faits réels, dont le style puise ses racines dans la force brute des éléments.

Prix Brage 2022

Amérique du Sud, années 1920. Lieutenant du génie, Aristoteles Sarr est chargé d'aménager une piste d'atterrissage au cœur de la forêt amazonienne. Le survol de cette zone jamais cartographiée doit permettre de prolonger le chemin de fer au cœur de la jungle. Aveuglé par sa mission, le jeune lieutenant n'a pas conscience qu'à vouloir dominer la nature, on a tôt fait de s'en attirer les foudres. Aux abords de l'extravagant palais de La Huanca, dernière enclave humaine avant l'inconnu, d'étranges disparitions se multiplient.

Un roman picaresque aux mille nuances de vert, aussi puissant qu'une tragédie antique.

Finlande, XVIIe siècle. En récompense de ses bons et loyaux services, un soldat de la Couronne se voit offrir une terre. Il y construit une cabane à l'orée de la forêt et en prend le nom : Nevabacka. Un héritage que les siens devront faire fructifier malgré les coups du sort, la guerre, la famine, les épidémies. Dans ces contrées sauvages peuplées de créatures légendaires, la terre transforme ceux qui croient la façonner. Pour le meilleur et pour le pire, quatre siècles durant, les descendants de Matts y puiseront leurs racines.

Dans ce roman choral empreint de réalisme magique, les destinées individuelles se déploient sur une trame qui mêle habilement l'histoire éphémère des hommes à celle, éternelle, de la nature.

Prix Yle 2022

Orphelin de père, Giacomo est élevé par son grand-père dans les montagnes du Piémont. En 1915, quand l'Italie entre en guerre, le jeune homme échappe à la conscription en raison d'une infirmité. Il est alors formé à un art délicat : la collecte des cheveux destinés à la confection de perruques. Pour devenir un *caviè* digne de son grand-père, ce n'est pas seulement la chevelure des femmes que recueille Giacomo, mais aussi leur histoire et celle d'un monde en voie de disparition. Cette singulière moisson qui guide ses pas à travers les sentiers alpins lui révèle peu à peu les vertus de la patience et de l'enracinement.

Retraçant au gré des saisons les itinéraires secrets des ramasseurs de cheveux, Franco Faggiani compose une ode magnifique à ces petites gens aux destins aussi grands que les montagnes qui les ont enfantés.

Prix de la Montagne Cortina 2023

Tromsø, 1932. Jeune veuve au tempérament indépendant, Wanny Woldstad est la seule femme chauffeur de taxi de la ville. Depuis longtemps déjà, elle rêve de vivre la grande aventure en Arctique. Encore faut-il convaincre Anders Sæterdal, célèbre trappeur, qu'elle est le coéquipier dont il a besoin pour sa prochaine expédition au Spitzberg. C'est dans ces étendues sauvages, balayées par le blizzard et infestées d'ours polaires, que se tapit le renard bleu dont la fourrure se vend à prix d'or. Wanny doit apprendre à tuer ce qu'elle contemple. Dans le fjord de Hornsund, un renard bleu épie les chasseurs qui veulent sa peau.

À travers ces pages glacées, Robyn Mundy redonne vie à une aventurière au destin incroyable.

1657, Nouvelle-France, Trois-Rivières.
Le clan du Cerf est exsangue après les attaques menées par les Iroquois. Pour assurer la survie de son peuple et sceller l'alliance avec le royaume de France, le sachem demande aux femmes d'épouser des soldats français. Soucieuse de donner l'exemple, Marie consent à s'unir à Pierre. Quand sa fille vient au monde, la chamane lui révèle qu'elle est promise à un destin tragique.
À l'aube de ses dix-sept ans, alors qu'elle est déjà une fille à marier selon les lois de la Nouvelle-France, Jeanne s'éprend de Joséphine. Sa bispiritualité, perçue comme une marque de sagesse par les Algonquins, est une aberration aux yeux des colons. La meilleure façon d'y remédier, c'est de la marier.

Dans ce roman poignant inspiré de l'histoire de ses ancêtres, Danielle Daniel dénonce un crime impuni et retrace la vie de celles que l'histoire a réduites au silence.

Dans les hautes montagnes du Tian Shan, au Kirghizistan, se croisent deux créatures en souffrance : Jaabars, léopard des neiges rejeté par son clan, et Arsène Samantchine, journaliste écœuré par une société dans laquelle il ne se reconnaît plus. Tous deux sont victimes du temps, des circonstances, et otages de leur propre destin. Après avoir tout perdu, Samantchine retourne dans son village natal pour accompagner à la chasse des princes arabes en quête d'un trophée rare : le léopard des neiges. Alors qu'il arpente les cols enneigés, Samantchine va être confronté à une autre légende de ces sommets, l'Éternelle Fiancée. Mais son dernier amour ne marche-t-il pas main dans la main avec la mort ?

Fable écologique aux accents chamaniques, le dernier roman d'Aïtmatov résonne comme un avertissement : quand la nature est à vendre, les montagnes s'effondrent.

Achevé d'imprimer par Ermes Graphics
sur du papier issu de forêts durablement gérées,
à Turin (Italie), en juillet 2024
Dépôt légal : août 2024
ISBN : 978-2-37502-361-7
ISSN : 3000-9790